七日讀

瓦歷斯・諾幹——著

目次

輯一　籃子裡的世界

輯二　颱風的腳走上來了

輯三　城市之前

（序）

lengaw

孫大川

0冷傲

Walis 突然打電話來，心想一定不會是什麼好事。果然，「要出書啦，在印刻老初那邊，當然想到老大哥你嘍。稿子怎麼給你？Line 嗎？」拜託，屬於手工業時代的我，怎麼可能用 Line 來閱讀，難道整本書只有十幾頁嗎？「好啦，Email 到你學校，信箱沒變吧？你列印出來，就幫我寫個序啊。」隔兩天，秘書將厚厚一疊文稿放在我桌上，順手翻閱幾篇，哇，簡直目不暇給。尤其 Walis 信手拈來的讀書摘記、神話傳說、部落紀實或想像的黑色連接，天馬行空，我完全跟不上。心裡不免暗罵老初，怎會答應這樣集結編排 Walis 的作品。在我看來，這些文章應該分成三本短薄的集子，讓讀者一篇一章、一字一句慢慢讀，統統放在一起，令人窒息。

序要怎麼寫呢？不想分析，更不想東拉西扯。我想起童年在部落後山，隨父親走在狹窄山谷間的回憶。父子對談的回音嗡嗡作響，我好奇的問怎會這樣？老人家也說不出所以然來，只告訴我這種現象卑南語叫「lengaw」（冷傲）。少年時代彈吉他，愛死了音箱的共鳴，輕輕撩撥，同時響應。lengaw 就是回音，就是 echo！能不能用 lengaw 的方式寫序呢？

1 捕鼠人

卑南族的布勇（puyong），從小就是捕鼠高手，每回部落大獵祭他常獲「獵王」的頭銜。前不久，他和我從政大側門恆光橋下來，在小公園的公告欄上看到一則海報，吸引他的是海報上畫著的一隻肥大全黑的老鼠。「哇，阿瑪，你們都市人好狠啊，竟然要殺光老鼠！」我往前細看，原來是台北市文山區公所的滅鼠海報。上面寫道：公所在各里設有毒餌供應站，歡迎民眾來取。旁邊黑體大字，提出「三不」防治鼠患策略：「不讓鼠來，不讓鼠住，不讓鼠吃！」布勇嘴裡喃喃自語：「厲害！厲害！不怕動物保護團體抗議。」過兩天，布勇 Line 給我花蓮T大校門口的一座立牌，上面工整地寫著兩行字：本校校園嚴禁採集或獵捕動植物，違者法辦。」他評論說：「阿瑪，我們東部還是比較有學問，不但愛護動物，連植物都照顧到了。」

2 土石流後的學校

八八風災投入救災工作，最讓我印象深刻的是同胞們面對災難後不失幽默的個性。某一晚，風雨中在太麻里某受災戶家討論災情。會後喝過鬼水，年輕人們開始唱起歌來了：

我家門前有土石流
後面有漂流木
漂流木的上面有偃塞湖

隨時會潰流
沒關係，沒有關係
原民會有補助
只要每天快樂喝酒
總會有永久屋

配上可愛的動作，風災的苦難彷彿一切凍結，像是大自然給我們製造的笑料。沒多久，學校的小朋友也都會唱了。

3 牧師的兒子

在東海岸部落參加婚禮，路邊辦桌，席開四十幾桌。遠遠看到一位三十多歲的部落青年搖搖晃晃來到我們桌前：「老師，你信耶穌嗎？」一身酒味，但目光炯炯有神。「我是天主教徒，當然信耶穌。」我回答說。「老師你一定要信耶穌，真的。耶穌愛我們，以前我曾被酒打敗，但耶穌救了我。每次人家倒一杯米酒在我眼前，我一定虔誠禱告說：耶穌我信你！耶穌我信你！你知道發生什麼事嗎？那杯酒立刻變成了水……。」他亢奮地說。「然後呢？」我問。他一臉虔誠的回答說：「我就恭敬地將那杯酒乾完了。」另一個青年攙扶著他離去時，隔座一位老師說：「他是部落牧師的兒子，三年遠洋漁船回來之後，就成了這樣。」

Ending

讀Walis的每一篇故事，故事的回音飄盪在我腦海，很難保持距離客觀閱讀，滿腦袋嗡嗡作響，lengaw、lengaw……。

二〇一六年八月十一日

（本文作者為監察院副院長）

（導讀）

迷霧森林．殘酷之旅

瓦歷斯．諾幹及其《七日讀》

張瑞芬

說到瓦歷斯．諾幹，不由得想起二〇一一年秋天盛況空前的《賽德克巴萊》，以及他當時獲聯合報文學獎散文首獎的〈七日讀〉。這篇其實並不長的散文，以上帝創世紀七天分節，將山地部落的近年災厄與早期北美、澳洲原住民命運並舉。行文冷靜而節制，全無火氣硝煙。也因為文字的乾淨簡潔，掉書袋掉得剛剛好，反而襯出了背後巨大的悲傷怨念，實在是一篇好文，也成了當時《賽德克巴萊》電影最佳註腳。這之後，我到處都遇見瓦歷斯．諾幹的作品，也同在中與大學兼課並同台評審過文學獎。見他一筆字寫得潦草又不失款式，頗為性格，文壇上有關他的傳言不少，我卻一貫只是保持著距離看他。

這些年，瓦歷斯．諾幹和夏曼．藍波安，幾乎成了原住民作家山與海指標性的代表。多年筆耕不輟，累積的作品數量是其他人無法望其項背的，二人皆中壯之齡，還能愈寫愈多，真是不多見（所不同的是，瓦歷斯．諾幹似乎較諸夏曼．藍波安體制內一點，編雜誌，任小學教師，投稿演說不輟，編漢語字典，到國高中教人寫二行詩，臉書上跟讀者五四三，「瓦歷斯挖歷史」）。但同樣曾受漢化教育，跨越原運與社運，走了一條漫長曲折的返鄉（及文學）道路，切切為自己的族群發聲，我好奇今天在總統府前，如果被小英總統接見並道歉的是他們，他們的反應是否會大過巴奈與張震嶽（「ＸＸＸ，我寫了那麼多你們到底是看了沒？」）。

歷史正義與轉型正義，從來都只是虛言。小英自己的外祖母排灣族群的血淚，又上哪兒討去？[1]至於我（一個與瓦歷斯．諾幹約略同齡，疑似有平埔族血統的麻豆人，弱勢文評者），倒是知道當今世界還有歧視原住民的。幾年前在知名版本中學國文課本的編審會上，聽見天龍國某第一志願中學國文老師否決加一篇瓦歷斯．諾幹或夏曼．藍波安入課本，理由竟是「原住民已經有了嘛！總要明夷狄之辨」。身為編審委員之一的我，被後面那句嚇到掉下眼鏡，憤而（也只能）很俗辣的辭掉這個橡皮圖章差事不幹了（「我我我……此生與你漢夷不兩立」）。

日頭赤炎炎，如今想來，那麼多府會發言人或委員會鼓譟不休喬不定政策面，還不如先落實文學面——加一篇瓦歷斯．諾幹〈七日讀〉到課本裡。文章很短（符合需求），補充教材就用電影《賽德克巴萊》與導演魏德聖的訪問（教師手冊、主題討論與延伸閱讀都有了）。

瓦歷斯．諾幹〈七日讀〉是這麼說的：

> 美國小說家福克納一生經營在地寫作，像是用短暫的生命對抗巨大的歷史，他說：「過去絕未死亡，甚至還未過去。」過去其實就是日升月落，每天留下一點蛛絲馬跡，一點唾沫汗液，日久就成為面目可鑑的時間軌跡，歷史的軌跡從未消失……

---

1 作者建議文化部編列預算，買一千本陳耀昌《傀儡花》（印刻，二〇一六）致送全省各中小學圖書館。看完立馬明白牡丹社事件前因與小英總統客籍排灣混血的身世背景。

歷史的軌跡從未消失。過去絕未死亡，甚至還未過去。小說家且心心念念：「童年父親帶我狩獵的夏坦森林，……在一紙命令的包圍下早已易手國家部門，現在它已是林務局與農委會的實驗機關所在地——『中海拔特有生物中心』。我曾試著來到父祖之地，卻因為沒有通行的公文被排拒在紅色鐵門之外。」

歷史的長河總是不斷向前推進，但只要有少數人記得，這世界就沒完沒了。電影《賽德克巴萊》如此，這本瓦歷斯．諾幹新結集的散文《七日讀》也是如此。風雨雷電兼土石流，幾乎成了一部「九二一後的部落災難學」。

《七日讀》除了篇首這篇主文〈七日讀〉外，如同細數創世紀以來不絕的人世苦難一般，輯一「籃子裡的世界」是部落哀歌，輯二「颱風的腳走上來了」是震災水淹組合屋，輯三「城市之前」談論歷史過往。那一種深切的痛，是漫到了無邊無際去，漫到了你覺得看了都累的心智狀態。你突然發覺，穿越了《戰爭殘酷》（二〇一四）這俯瞰世界苦難的史詩小說系列，那個昔日寫《戴墨鏡的飛鼠》（一九九七）、《番人之眼》（一九九九）、《迷霧之旅》（二〇〇三）時而幽默時而迷惘的瓦歷斯．諾幹有點不一樣了。當然離《永遠的部落》（一九九〇）、《番刀出鞘》（一九九二）、《荒野的呼喚》（一九九二）的激情社運與詩作時期就更遠了。

《七日讀》（二〇一六）的體例與書寫手法，其實與《城市殘酷》（二〇一三）是比較接近的。雖然結集有先後，但都收錄了十幾年間的散文隨筆而成，事實上可做同系列短篇散文來讀，基本上都是稍早《迷霧之旅》的延續。一點點家人，一點點史實，一點點族人流落大城的辛酸與對官方政策的批判，有些閑散隨心的收攏在一塊兒，只是《七日讀》土石流風災雷電特多，和短篇小說集《戰爭殘酷》「以史證文」的嚴謹結構完全不同。

二〇一四年瓦歷斯．諾幹用力甚深的《戰爭殘酷》一書，展現了他作為說故事人的絕佳技藝，其實也恐怕是瓦歷斯．諾幹至今最好的一本書。那是鐵絲網和機關槍的悲慘世界，生存與血淚的灰敗天空。一篇小說附一段真實戰爭簡史，從以巴戰爭、國共內戰、車臣獨立、高棉屠殺、賴比瑞亞內戰、哥倫比亞毒梟、寮國生化武器，歸結到和泰雅族群有關的曾祖、祖母與父親以降的家族歷史。從〈羽毛〉、〈鹽〉、〈父祖之名〉、〈黑熊或者豬尾巴〉、〈姬娃斯〉、〈我正要拈熄開關〉以下，正當我以為要寫成一部泰雅版「百年孤寂」時，它嘎然而止了。那是瓦歷斯．諾幹未完成的家族史，還是以世界的苦難鳥瞰自己族群悲劇的宏圖，我為之震驚莫名。只是這部短篇小說出版後，不知是否因為主題太過沉重

（正如《賽德克巴萊》般，上集是馘首，下集是肉搏，觀眾的腦袋幾乎是被打糊了，混漿一片），評論界的關注似乎也少了點。

《七日讀》起首幾個部落青年的淪亡記，寫得風生水起頗精采；輯二則是風災水患不絕，九二一以降，真實的部落土石流悲劇一再重演。〈瑪莎颱風十日譚〉以十日分篇，大概最能總結輯二涵義，旁觀別人的痛苦其實是毫無痛苦的（想想那些在風災新聞裡渾身濕透站不住腳的女記者）。蘇珊．桑塔格（Susan Sontag）在早期的《論攝影》中，對影像造成的情感疲乏就有過批判。當災難、戰爭影像每日每夜曝露並侵入我們的生活時，人的感受將被腐蝕，道德判斷也會流失，到最後可能無動於衷：「遙遠地，通過攝影這媒體，現代生活提供了無數機會讓人去旁觀及利用——他人的痛苦。」在〈瑪莎颱風十日譚〉中，瓦歷斯．諾幹更引蘇珊．桑塔格的《旁觀他人之痛苦》說：

> 他們只不過要挑釁，你敢看嗎？能夠毫不畏懼地觀看，可予人一份滿足。不敢看的畏縮又是另一重快感。[2]

這可真是當頭棒喝。對那些老覺得這些原住民幹啥不搬離山區水邊危險之地，成天災禍連連搞什麼常要出動直升機浪費社會資源之天龍平地人。

一九九四年，瓦歷斯．諾幹請調回故鄉台中縣和平鄉雙崎部落，任教自由國小，至今已然二十年。憤青成憤老。他人的隱痛，我們聽著只覺得新奇。例如「埋伏坪」（Mihu）這名字聽著就不懷好意，像有一支奇兵要時持突圍而出一般。在平地人心中，大雪山國家森林遊樂區是避暑勝地；鳶嘴山、稍來山適合考驗登山能耐；「三叉坑步道」號稱「小瑞士」，連結東勢舊火車站，小中嵙步道，人少冷門卻是極佳健走套裝行程。可是讀了瓦歷斯．諾幹《七日讀》中的〈舍遊呼〉與〈YAYAYA〉，才知道泰雅族人如狂野不羈的風，早期活動於清末隘勇線圈禁之地，「三叉坑」就是他們後來被無情侵奪，原稱Sr-yux的祖靈地。歸結到底，我們的旅遊勝地，原是建築在人家家園破滅的痛苦血淚上，就像瓦歷斯．諾幹早期的詩作〈關於一九三〇年，霧社〉：「遙遠的記憶有如夢的泥土／深黑色的夢魘底下／有著肥沃的血液」。

---

2 蘇珊．桑塔格（Susan Sontag, 1933-2004），二〇〇三年出版之《旁觀他人之痛苦》（*Regarding the Pain of Others*），是一本討論戰爭和攝影倫理的文集，是桑塔格在一九七七年的《論攝影》一書之後，隔了二十六年出版的另一本探究攝影的專著。

這東勢北方大安溪的上游，乃至大安溪（男人之河）、大甲溪（女人之河）、中嵙崁（聚集樟樹的小山）可全是他們泰雅族北勢群神聖的祖靈之地，生身之所。九二一大地震重創「三叉坑」，部落餘生者集體遷出。〈YAYAYA〉寫的是母親伊娃蘇彥的一生，伊娃蘇彥生為泰雅女兒，父親客籍入贅部落，日治年代備嘗艱辛，〈延伸練習〉裡寫到外祖母生前為遠古泰雅的活化石，赤腳可把鐵釘踩彎（「雞爪番」又稱黥面番，足證名不虛傳），同樣的家族傳奇。

這些古調，看似尋常，《七日讀》用來作為結束的兩文〈尋常生活〉、〈周而復始〉，則用加薩走廊的以巴衝突歷史，對應泰雅族群的百年苦難，也回應了〈七日讀〉這個用美洲與澳洲原民對應台灣原住民的開篇。以巴衝突，是永無止盡的民族世仇，〈周而復始〉可與瓦歷斯．諾幹短篇小說集《戰爭殘酷》裡的〈通往耶路撒冷的路上〉合看，巴勒斯坦女殺手，人肉炸彈，保證溽暑中讓你寒毛颼颼豎了起來。聖地實為戰場，和平其實並不和平，自由其實沒有自由。像一八七七年美洲穿鼻族被追殺滅絕，約瑟夫酋長被運送到貧瘠的保留區，發表的痛苦而心死的演說：「讓我做一個自由的人吧……」

自由不易，寬恕亦然。看著這原住民日的總統道歉戲碼，總覺得少了點什麼？是賠不起了，但說不出口，於是成為支支吾吾的空談嗎？瓦歷斯．諾幹《七日讀》最終回的〈周而復始〉或許給出了答案：「舞動民族大義大旗的往往是少數的政客。倖存者伊瑪奇蕾·伊莉巴吉札以《寬恕》一書對著殺害她家人的胡圖族商人費利先說：『我原諒你。』因為寬恕只有在暴力停止的時候才是可能的。」

暴力停止了嗎？誰能給出答案？

從族人、番刀、飛鼠到殘酷系列，瓦歷斯·諾幹是個道地「Atayal」泰雅魂，有著迅疾如風的意志。至今我仍然念念於他早期優美的詩句：「所有的謠言開始被河水證實……／那年冬天，立霧溪、中港溪／大安溪以及未名的溪谷／山羌再也越不過隘勇線飲溪水／有人看見男人的發火器／棄擲在冰凍而哽咽的溪水／散落的髮絲，再也找不到靈魂的居所。」[3]那是看完《賽德克巴萊》之後的懸念，至今不絕如縷。「賽德克巴萊」（真正的人）的意義其實超越了霧社事件或原住民抗暴，它所述說的是人之所以活著的意義，要活得像一個「真正的人」，也就是「用自己的樣子去活著」，然而現代人又有幾人能用自己的樣子去活著？

3 瓦歷斯·諾幹詩作〈一九一〇年射日〉，原載一九九四年一月十九日《自由時報》，收入《伊能再踏查》（晨星，一九九九）P: 130。

早已面目全非矣！

迷霧森林．殘酷之旅。瓦歷斯．諾幹的文學是加法哲學，百川匯入，俱成力量。在蠻荒未闢的心裡，我們都是那個赤足踩過溪澗的年輕獵人，冷靜等待一頭月光下美麗的鹿，那是夢中的情景，那時清晨的西克麗鳥會預示我的未來，而我是善等待的……。

二〇一六年八月三日

（本文作者為逢甲大學中文系教授）

七日讀

第一日

在台南某間舊書店以罕見的廉價一百二十元買下民國六十六年初版的《魂斷傷膝澗》一書，封面是狂馬酋長嶙峋岩石模樣的老年人頭照，半圓形副題以紅色字體寫上：狂馬酋長逝世一百年。

攜著宛如墓誌銘的磚頭書乘北上自強號列車，夜晚的列車冷氣彷彿是冬日，乘客蜷縮在座位，等到列車過了嘉義，自強號就像奔馳的詩劃過黑夜的平原。作者狄布朗在一九七〇年的序言不無警示著北返的旅客：這不是一本歡欣愉快的書。雖然第一個章節「他們的舉止端莊，值得欽佩」彷如讚辭，但它出自一四九二年哥倫布初抵聖薩爾瓦多島所見稟奏西班牙國王的報告：「這些人民是如此的溫順，如此的和平。臣可向陛下宣誓，世界上沒有一個比他們更好的民族，他們愛鄰如己，談話尤其愉快、斯文，說話時面帶笑容；他們全身赤裸屬實，然而他們的舉止端莊，值得欽佩。」

不到十年，這一支「舉止端莊，值得欽佩」的聖薩爾瓦多島泰洛族十萬人，盡遭毀村滅族。

第二日

黑夜還沒有撕開眼睛，父親已經「碰碰碰」駕馳搬運機開上果園的道路。種作果樹已經是門賠本的行業了，父親不願承認事實，依然故我歡欣上山，像是清晨承接露水的一片葉子。

我所知道的祖父的土地是童年父親帶我狩獵的夏坦森林，中海拔亞熱帶的樹冠底下隱匿著傳說與神話的樂園，日後卻在一紙命令的包圍下早已易手國家部門，現在它已是林務局與農委會的實驗機關所在地——中海拔特有生物中心——我曾試著來到父祖之地，卻因為沒有通行的公文而被排拒在紅色鐵門之外。

狄布朗書寫《魂斷傷膝澗》一書，為了杜白人諷刺之口，大量引用十九世紀美國政府軍方、官方代表的條約會議，和正式集會中的紀錄，為狄布朗的寫作留下了繁浩的官方紀錄，這些「我們說過、做過的事」的紀錄，無論是否為隨興的瑣事，就算是早已忘懷——阿爾維托．曼古埃爾[1]提醒著——長久之後，卻還依然結出了綿遠的果實。

雖然我們（台灣原住民族）缺乏與國家對話的紀錄，所幸還留有一支能夠吐出文字的筆，我願我的文字能夠為千百年被歷史壓伏的族人發出異於權力掌控的聲音。

第三日

你們都喝滿了白人的鬼水，就像暑月裡的狗群，跑得發瘋，猛撲自己的影子。

1 Alberto Manguel（1948-），生於阿根廷布宜諾斯艾利斯，青少年時期曾為視力受損的名作家波赫士誦讀，亦為作家、編輯。台灣曾出版《意象地圖》、《閱讀地圖》（台北商務）。

美國《明尼蘇達歷史》記錄了蘇族小鴉酋長在一八六二年對年輕族人的訓誡之詞，將近一百五十年後閱讀這些文字，我依然感受到小鴉酋長的絕望之情多於訓誡之意。這一年，美國政府與蘇族間的條約被撕毀，族人染上喝鬼水的惡習，蘇族日漸失去土地，政府不再遵守諾言，部落進入到人為造成的饑荒。作為前進西部的貿易商販，名叫邁立克的白人輕蔑地說：「如果他們餓，讓他們吃草，或者吃自己的屎好了。」

美洲原住民喝了鬼水就會猛撲自己的影子，在我們部落，我們稱這是「公賣局拿走的人」，什麼被拿走了呢？當然是靈魂。

我透過窗戶看到母親從暗夜中顫抖著走回來，在餐桌兼客廳的椅子上坐下，母親說組合屋被燒了。組合屋就是「九二一大地震」之後蓋起的臨時安置屋，好心的地主是長老教會牧師，小兒有個天使般的名字，是部落聞名的「公賣局拿走的人」。據稱傍晚時分又向牧師要錢討酒，「否則就燒了組合屋」——孩子向牧師父親下一道匪夷所思的恫嚇之詞，不到一小時，火光已經延燒到通往天堂的夢境裡邊，幸好鄰人拖著驚夢中的牧師。遠在五十公尺之遙的飲食小店主人老莊曾經敘述這段火災奇觀（包括半個部落的圍觀族人）：火勢燒燙的溫度，我都可以賣烤肉了！

一八六三年「小鴉戰役」蕩平之後，美國軍方訂在「鹿脫角月」（十二月）執行絞刑處決，三十八名蘇族桑狄人的身軀，了無生命地在空中擺動。一個圍觀行刑的白人誇稱這一次是「美國最大規模的集體處決」。

第四日

美國小說家福克納一生經營在地寫作，像是用短暫的生命對抗巨大的歷史，他說：「過去絕未死亡，甚至還未過去。」過去其實就是日升月落，每天留下一點蛛絲馬跡，一點唾沫汗液，日久就成為面目可鑑的時間軌跡，歷史的軌跡從未消失，就像定居美國紐約的彼得．凱瑞在二十七年後返回故鄉澳洲寫下的《雪梨三十天》，重新檢視了澳洲原住民歷史，在擁有澳洲原住民血統的友人薇琪的陪伴下，才真正省悟這構成雪梨的土、火、風、水四大自然元素、長久冠以冒險精神的天然舞台——澳洲，其實是在踩碎著原住民的胸膛所建立起來的國度。「我們的總理可以擁抱和寬恕殺害我們慈父與愛子的人（指的是土耳其），他理該這麼做，然而他卻不能也不願向我們的原住民道歉，為兩百年來的殺戮和虐待認錯。」彼得．凱瑞的歷史反省並非唯一，一八六七年美洲原住民南賽安族盡遭寇斯特（漢柯克將軍部下）率領的騎兵七團屠戮之後，一位有良心、綽號「黑鬍子」的沙朋反對漢柯克將軍的殘酷行徑，電告美國內政部長：「……像一個如我國的強權國家，對少數流離的游牧民族進行一次戰爭，在這種情形下，是一種最可恥的狀況、一種無從比擬的不義行為、一種最使人噁心的國家罪行，或遲或早，上蒼的裁決一定會降諸於我們，或者我們的後裔。」

窗外遲到的梅雨已經轉成颱風般的狂風大雨，溪水暴漲，土石流蕩，接著是，交通中斷，中南部多處成為水鄉澤國，新聞畫面剛剛警示大甲溪河水淹沒橋梁，夜晚的部落隨即停電。我只好點燃蠟燭，在黑暗包圍的雨夜中續讀一則一則歷史的隱喻，我期待隱喻也有雨過天青的時候，這樣，我的胸膛才不會傳來陣陣的陣痛。

第五日

雨水其實已經連下兩周之久，台灣小島已然是豪雨成災的景象。父親果園裡正待發果的甜柿樹，被狂風急雨摧折墜落，母親著雨衣從傾斜不定的雨陣中突圍前進，當作背景的藏青山巒流成黃泥瀑布，溪水氾濫成一面遼闊的流刺網，收拾著山林那些曾經美好的景致。當人類的欲望張掛在災難的面前——大地到底憐憫過什麼？我記起已逝的西蒙．波娃的一句話，特別感到歷史施加於人類的嘲諷：「我發現榮耀其實瞬息即逝，頓生鄙視。」

說不定正是因為這樣，我們才在最為黑暗的時刻總是向書籍取暖——詩歌提升我們生活的質量，特別是快樂的程度乃以痛苦衡量——一八七七年美洲洛磯山下的穿鼻族進行逃亡之旅，大兵緊追在後，等到穿鼻族約瑟夫酋長被運送到貧瘠的保留區生活，他日後的演說像極了一首一首的詩句，是以全族的痛苦所釀造出來的詩歌。「讓我做一個自由人吧——自由自由旅行，自由自由停止，自由自由工作……為了自己而自由自由的思想、談話和行動。」

約瑟夫酋長遲至一九〇四年於美國政府「保護」下的保留區過世，保留區管理所醫師呈交給議會斷定的死因報告是——傷心。這顯然是對「不自由，毋寧死」所做出的凌遲的極致。

第六日

通電之後，電視螢幕被政治爆料、官商勾結、族群鬥爭的新聞淹沒了水患的災情報導，部落對外的兩條交通動線已遭山崩橋斷阻卻。吃著母親從山野林地取來的野菜，父親瞪著新聞畫面，好像擔心整個島嶼的動盪就要從電視螢幕噴瀉而出，我想到的是夏多布里昂[2]在法國大革命的動亂裡，一位布列塔尼詩人央人帶他到凡爾賽宮參觀一事的感想：「在帝國天翻地覆的時候，還有人要參觀花園和噴泉。」《魂斷傷膝澗》的尾聲僅僅是黑麋酋長的一段話，卻為這本書定調：「一個民族的夢在那裡黯然魂斷了。那是一個美夢呵……民族的希望破碎、消散了。再也沒有了中心，聖樹死了。」

我說過，這不是一本歡欣愉快的書。阿根廷文學大師波赫士的直言如劍，為我們的世界做出了美好生活的反證：「只要在世界上還存在一個有罪之人，天堂上就沒有幸福。」

第七日

上帝要休息，因為眾神編織了不幸。

二〇一一年一月二十七日

2 Chateaubriand（1768-1848），法國浪漫文學先驅，著有《墓畔回憶錄》，此句出自上卷。

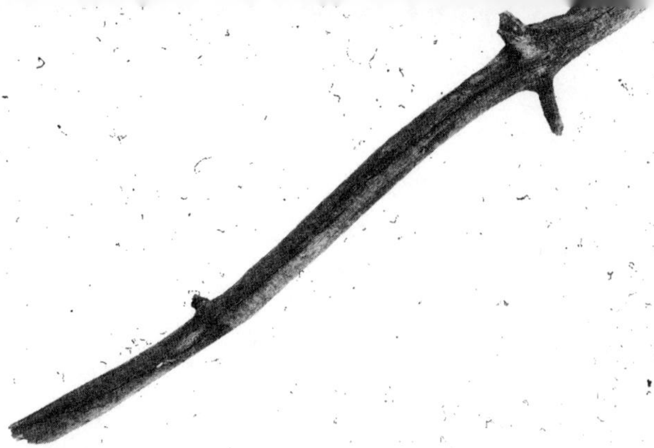

輯一　籃子裡的世界

‧沒有了故事，我們就沒有了過去。

說個故事給你聽

先聽個故事吧！與阿美族的小米有關的神話故事。

「很久很久以前，傳說是在太古時代，阿美族男女始祖 abonkupayan 與 tariburayan 降落於台灣東部的一座孤島——botoru，他們利用樹藤發明火，並生下許多孩子，後來因為地狹人稠，生活困苦，於是將傾倒大樹腐蝕的部分挖空，做成形如臼的東西，abonkupayan 帶著妻子與兩個兒子渡海來到猴子山、花蓮港、宜蘭等地方，他們發現旱稻米（panai）與小米（habai），覺得美味可口，便開始栽培耕種。」

這說的是旱稻米與小米是阿美族祖先撿到與發現的。你如果不相信，我還可以再說個故事給你聽。

「很久很久以前，太古時代剛剛結束，有一位叫 nakao 的阿美族人，有一天，他得了重病發高燒，覺得耳朵非常癢，用手指挖耳朵，挖出一顆圓圓小小的粒狀物，他十分不以為意，隨手往地下一扔，後來不久就發芽結穗。

nakao 對這穀穗十分好奇，取下一小粒來煮，結果變成許多粒，約可盛滿一碗；隔日他又另取一粒，並切成數片，結果煮出一鍋飯，這便是小米的起源。」

你如果有機會觀看小米粒的話，放在手掌心，你就會看到小米表面有許多道的紋路，這紋路怎麼來的呢？就是被 nakao 切過所遺留下的痕跡啊。

喜歡這兩個故事嗎？但我真正要說的是下面這個故事，讓我們再一次回味「從前從前……」這樣悠遠的敘述風格：

「從前從前，就在太平洋每天抵達傍晚的西岸，那裡住著南勢阿美族人，祖先在 naloma'an 建立部落時，有一天，有一位貴人從天上下凡，族人見到貴人都十分高興，皆盛裝列隊出迎，一一行禮問候。

當時社中有一位美女，卻只穿著平常工作服，直到最後才出來行禮問候，貴人看到這個美女就一見傾心，十分喜愛，就說話啦，如果可以娶她為妻，他願意永遠留在社中。社人欣喜若狂，作媒讓二人結為夫婦。得到美人的貴人婚後每日不務正業，在家做玩具陀螺自娛，其妻與家人都覺得貴人不幫忙家中事務，整日無所事事，對此一婚事感到十分後悔與羞愧。

一天，貴人突然詢問家人家中的耕地位於何處，家人回答說：放眼望去都是我們家的田地。於是他命令家人將先前做好的兩、三籠玩具陀螺搬到耕地，自己站在田中央凝神祈禱，並且拿出陀螺令其旋轉，幾百個陀螺瞬間開始向四面八方散開，如旋風般快速旋轉，轉眼之間廣大的田地全部耕耘完畢，僅剩下播種的工作而已。貴人於是命令陀螺集合收回籠中，同時他又在田中撒下 fasay、'awol、fitonay 三種竹子以及一種叫 tananuman 的葫蘆種子。過了不久植物順利長大成熟，貴人便帶著家人到田中收穫，他首先用刀剖開 fasay 竹，旱稻米就從竹筒中滿溢出來；接著他剖開 'awol 竹，金黃色的小米便從竹筒中一顆顆流瀉了出來；他又接著剖開 fitonay 竹，竹子中紛紛跳出許多小豬；他最後拿著葫蘆剖開來，粳米便從葫蘆中溢出。貴人創造完這些東西後，便對家人說他的雙親期盼他回家，他要回去了，接著就不見蹤影。貴人的名字、招贅貴人家的雙親、妻子的姓名現今皆已失傳，在此之前，據說阿美族人僅有葫蘆、南瓜之類的食物，因此除了旱稻米、小米和豬之外，部落內並無其他食物起源傳說。」

故事是日本學者在日據時期採錄的神話傳說，目前有些老人還記得這樣的故事，因為故事的流傳，阿美族一年當中部落重要的行事活動環繞著小米的栽種週期，等到小米收割完畢後，更是舉行盛大的豐收祭加以慶祝，希望藉由神靈的恩寵，去除惡靈、祈求祖靈，以確保部落、家庭或自身的安康繁榮。

關於這些，我相信我的忘年之交——已故的李來旺校長——聽了也會微笑的，因為李校長是生前力阻使用「豐年祭」、「聯合豐年祭」這類的名稱，更重要的是，伴隨著這類活動所帶來的政治效應——祭典開始的報信儀式，由向天神祈祝轉而向司令台前的政府高官要員致敬。

看了今天新聞上「原住民豐年祭報告市長今年豐收」這篇報導，我想起了說故事的念頭，一個現在看起來已經是不合時宜的好故事，但我還是希望有人喜歡聽故事：因為，沒有了故事，我們就沒有了過去！

二〇〇五年八月二日

我也要玩「印地安人」

對美國運動有興趣的人應該會知道，美國大學和高中球隊非常流行採用帶有濃厚戰鬥意味的印地安人稱號，但這種情形可能很快會產生重大改變，因為印地安種族自尊運動者已經發起所謂的「自尊運動」，企圖改變這種「篡奪」美洲原住民自尊的行徑，全國大學體育協會（NCAA）目前也正在積極研議，考慮是否統一禁止大學球隊以印地安人的綽號作為隊名、隊徽或隊寶。

這讓我想起某一部電影的片段情節（不是《小巨人》，也不是《與狼共舞》），故事是這樣的：

有個白人賭徒（梅爾吉勃遜飾演）一路籌集賭資要去參加撲克牌大賽（當然是賭博啦），他想到沿路有個好友欠他一筆錢，好友是一位印地安人，於是就去找他（我們姑且稱他叫「紅臉」），紅臉一看到梅爾吉勃遜根本就不必裝出苦哈哈的樣子，因為帳棚裡簡陋的物件和身上破爛的衣服就已經讓人感受到什麼叫作苦哈哈了。

紅臉就說啦：「喔，我偉大的白人朋友，終於良心發現要來拯救我這個貧困的紅人囉！」

梅爾吉勃遜說你少來了，你這個欠我錢的紅人。紅臉一點都不臉紅（因為他的臉本來就紅得像一朵燦爛的玫瑰花），就拿歷史來消遣啦：「喔，我的白人朋友，自從你的祖先沒收了我族的草原，他的後代——我就一直貧困著啊！」

梅爾吉勃遜早知道他的詭計，「我的紅人老大啊！我只知道去年你向我借五百元買一匹馬，結果一年以後的今天，我只看到那五百元變成一瓶瓶燒酒啊！」

兩人就此哈拉不斷，紅臉一看真是擺脫不掉這屁股債，於是心生一計，他對梅爾吉勃遜獻上一條生財之道，然後說賺來的錢還債，梅爾吉勃遜想想也好，有錢總比沒錢好嘛！

紅臉就說啦，有一位財大氣粗的俄羅斯公爵正在附近，公爵很想體驗在草原追殺印地安人的那種快感，如果能夠安排的話，願意出一千元體驗體驗。但是我又老又病，公爵要的是一位年輕力壯的印地安人，你假扮印地安人賺這筆錢！

梅爾吉勃遜說會不會死人啊！紅臉安撫著說公爵是個酒鬼，你只要讓他射個幾發子彈，假裝死掉不就可以賺到一筆錢了嗎？何況，你以前不是說希望自己是印地安人，現在也可以一圓美夢啊！梅爾吉勃遜終於被說動了。

好啦，紅臉就跑到公爵那裡說，我已經為你找到了一位活蹦亂跳的印地安人，如果你不小心真的殺了他也沒關係，因為他已經得了癌症末期，殺了他你的賞金還可以當作安家費，一舉數得啦！

就這樣，隔天公爵騎著馬匹就要體驗體驗追殺印地安人的戲碼，因為千載難逢啊，所以公爵意外的沒喝酒以保持清醒。追殺的過程果然逼真到血脈賁張，只見那個假裝印地安人的梅爾吉勃遜狼狽逃命的樣子，惹得公爵興趣盎然，直呼過癮。最後梅爾吉勃遜跳下懸崖逃命去了。

遊戲結束，紅臉到公爵處領賞，然後回到懸崖下找那個只剩半條命的梅爾吉勃遜交給他一千元，其中的五百元是還債錢。梅爾吉勃遜離開之後，紅臉從口袋裡又掏出一千元，原來公爵的價碼是二千元，紅臉得意的自言自語說：「誰叫你們白人要騙我們祖先的土地，搞死你啦，這次——」

二〇〇五年八月一日

盜走故事

勞倫斯・德・凡・普斯特[1]在非洲南方沙漠的旅程中痛苦的呼喊著：「我們這些在非洲、美洲、澳洲和南太平洋的歐洲人，盜走了很多最早民族的故事。我們把他們關於創造的故事奪走，滅絕了整個民族。」

這是怎麼回事？一個失去了故事的民族就會招致滅絕的命運，恐怕沒有多少人會相信，最致命的原因正是，我們早已不再依賴故事存活，我們依賴科學活命。

1 Laurens van der Post（1906-1996），出生於南非的荷裔家庭，身兼作家、農民、軍官與人類學家多重身分。著有《內陸冒險》、《獵人之心》等書。

讓我們閉著眼睛捫心自問，不用急著回答。回憶著昨天的行動，是什麼指引著你心靈行動的？

七點三十分必須到公車站牌或是搭上捷運，八點鐘必須走進某個長方體混凝建築物的肚子裡面，你的書桌（辦公桌）上擺放著整齊或者凌亂的文件，有些電話必須在中午以前打過去（跟心靈的提升沒有任何關係），中午只能隨口塞下廉價潛艇堡，一杯焦黑的咖啡補充枯竭的腦袋，太陽光在什麼時候開始偏移，走在街上的人群或者照面的一張張臉映出疲倦的陰影，永遠有某個稱為老闆的傢伙站在你的背後，有人什麼事都不做而你必須像一頭耕牛埋著頭硬幹，好，我不願再多說些什麼讓自己喪氣的話了，聽聽我微弱的四心房，聽到故事了嗎？

普斯特在《獵人之心》發現我們失去的不僅只是故事：「累積的知識分割了現代人的心靈與自己的生活經驗，讓他們轉向物質財富的舒適之中，孤單而沒有歸屬，病態且生命匱乏，缺少意義。一隻手就握有所有財產的布須曼人可就大大不同了；無論他們的生活缺少什麼，我相信少的不會是意義。只有我們強迫他們接受光明的二十世紀意志，他們才會喪失意義。」（P：161~162）

這有何奇特之處呢？普斯特不過就是尊崇那些已然消失的民族罷了，是某個現代人的心靈忽然感到愧疚而轉向一個不再存有的荒野文明致敬嘛！

你也許是這麼想的（但我懷疑你是經由「思考」而反應），好吧！說個故事吧！

我很喜歡普斯特在卡拉哈里沙漠旅程中所記錄的某些片段，像是「達比生病了」，達比是這支旅行隊伍的嚮導，你猜對了，達比是布須曼人。旅行隊伍來到柴內（類似某個沙漠裡的小綠洲，一座休息站），達比就生病了，而且是毫無徵兆的生起一場持續而巨大的病，連普斯特也莫名所以。

普斯特正好看到負責柴內治安的索托族警官召集手下兩名警員組成的警衛隊，進行著將警站旗竿頂上的旗子降下來的儀式（一如降旗典禮，但是令普斯特震驚的是，柴內方圓百里幾乎是個不毛之地，沒有人會在意柴內升降期的行禮如儀，但是……），三個人都穿著極其乾淨的制服舉行降旗典禮，按照規定的操練方式以英國皇家禁衛軍檢閱行列精準的進行。這警官全年都同樣一絲不苟地遵循儀式規矩在日出時升旗，在日落時降旗，不管有沒有人在一旁觀禮都一樣。

這到底是怎麼一回事？——就像毛姆小說中的英國人孤身在南海島嶼上，每晚依然衣著整齊地進晚餐——我們先前不是說達比生病了嗎？達比此刻眼睛緊閉，呼吸急促又粗重，是整個儀式令其欲嘔，原來是儀式令其恐懼。等到旅行隊伍一離開柴內，達比竟然不藥而癒。其實對布須曼人而言，生命就是移動，如果移動的自由被剝奪，生命可能就會終止。布須曼人的故事稱這是「土狼的時刻降臨在他身上」。

好吧，這行禮如儀的升降儀式，讓達比的「故事」被喚醒了——全族被殲滅的慘痛歷史。

《獵人之心》其實是一本由故事串聯起來的旅行紀錄，記錄一個民族因失去故事而消失的歷史。某個現代詩人為這本書寫下文雅的詩句作為絕佳的注解，我想你也應該讀一讀這句詩：

失去野蠻人的我們將變成何等模樣？
其實他們也代表著某種解答。

二〇〇五年八月四日

救命啊！人類

看到〈生命之樹——浮木〉這篇文章，作者談起他與兒子在東台灣海岸看到浮木的景象，感慨台灣生命之樹的浩劫，這些應該生長在中央山脈的巨樹被土石沖刷到海岸成為浮木。

在部落，我們通常稱這些為「漂流木」，有些族人，就將它勾連起歷史上動盪漂泊的歷史，運用在歌詞上唱起「我是一根漂流木，漂啊漂啊漂到台北城……」，漢人的腦筋就動得快，台北城就有一家餐廳叫做「漂流木」，標榜原味原色吸引喜歡品嘗異族風味的各色人等。

至於對久居部落的族人而言，漂流木從來就無法興起我們浪漫的想像，也不會那麼綠色環保的期望「把它還給廣闊的天地」，因為這就不可能啊！

還是先說個故事吧！

有一天，兩兄弟在颱風過後打算到暴漲的溪水釣魚，在混濁的黑水裡比較容易釣到一種類似鯰魚的 A-jur（泰雅族語）。

兩人相距十公尺就在大安溪岸邊釣起魚來了。他們釣了一兩個鐘頭什麼魚都不上勾，哥哥就說話啦，「弟弟，你有給魚餌拍馬屁嗎？」弟弟說：「有啊，不但拍馬屁，每一隻魚餌都吻一次哩！」

洶湧的河面不時滾動著巨石相撞的悶哼聲，殘枝敗柳也隨波蕩漾。這時候，上游漂來一棵巨大的樹幹，弟弟驚呼著，「漂流木！」果然是漂流木，沉穩的在午後的大安溪游泳。「很眼熟呢，這一棵。」哥哥說。

「沒錯，像不像幾天前在八雅鞍部山脈放飛鼠陷阱那棵大樹？」

「咦，我記得有個樹洞對不對？」

「哥，沒錯啦，是這棵！你不是還在樹幹上刻著箭頭指標，然後寫上『請慢走』，你說現在的飛鼠都已經大學畢業了。」

漂流木漸漸游了下來，哥哥仔細的查看著。

「沒錯，是這棵。」哥哥意味興長的說：「你看底部，有山老鼠畫的紅漆記號，就跟你說一定會下來嘛！」

就在這個時候，兄弟兩人清楚的看到了樹洞冒出一隻小飛鼠，小飛鼠伸出樹枝搭起的白旗，白旗上寫了一行字——救命啊！人類。

弟弟就問哥哥，要不要去救牠？哥哥說，也好，反正颱風剛過嘛沒事幹，救鼠一命勝過七級糊塗——

兩人於是騎著摩托車趕往下游的大安港救鼠去了！

二〇〇五年八月六日

籃子裡的世界

中國時報來電話問我要不要參加作家部落格？我答應了。

接著 E-mail 部落格發表茶會的訊息，結果遇到「海棠」延期，延到今天下午二點，沒想到「瑪莎」剛剛在部落發了兩個夜晚的脾氣，讓我那四輪傳動三菱休旅無論如何也飛不過土石、樹幹交織的陷阱。好啦，就這樣囉，從島中之島的部落說故事給中時部落格的朋友，好讓大家知道〈瓦歷斯挖故事〉。

你知道的，我要說的故事總是關於早期民族人類那些口傳，讓很多人以為早期人類的時光之路是一條窄黑的隧道一般，以為天空不是蔚藍的鏡子、大地不是碧綠的草原⋯⋯，那我偏偏要說故事從一片草原發生，偏偏要說早期人類的主人翁也深愛著自己黑白相間的牛隻，他會親自帶著那些牛到大草原散步，像母親照料孩子一般的為牠們找到最棒的牧草地。晚上，將牛隻帶回畜欄，小心翼翼地用最牢固的荊棘封閉入口，確保沒有其他野獸騷擾。看著牛隻快樂的反芻，他心想：「早上我會從牠們身上獲得許多牛奶。」

某一天早上，他到畜欄期望擠出母牛充滿乳汁的光滑乳房，但他很驚訝母牛乳房鬆弛，起了皺紋，半點乳汁也沒有。他馬上自責是不是自己選錯了牧草地，於是又領著這些母牛到更好的牧草地，晚上把母牛帶回家，又想著：「明天我一定會獲得更多的牛奶。」

隔天早上，母牛的乳房依然空空如也。他換了兩次、三次牧草地，就是無法從乳房擠出牛奶。他覺得很困惑，決定晚上監看整個畜欄。

半夜的時候，他很驚訝地發現一條編得很精巧的細繩從星空中垂下來。順著細繩下來的竟是手牽著手、一個接一個，從天上降下來的年輕女子。他看著這些美麗愉快的女子悄聲低語、巧目盼兮，偷溜到畜欄內，用瓢子擠他母牛的奶。盛怒之下，他跳出來抓她們，但女孩機伶地四散逃開，最後僅僅抓到其中一名女子。但他覺得很滿足，因為這是最可愛、最美麗的女子。他娶了她為妻，從此畜欄不再有了麻煩。

現在，他照顧牛群時，妻子就在田裡工作，他們生活得很愉快，開始變得有錢了。但是他卻擔心一件事，因為他抓住妻子時，她身上帶著一個籃子，那是個編織很精細的籃子，非常密實，看不到裡面，籃子上面還有個蓋子，緊緊密合著開口，他的妻子嫁給他之前，她要他承諾永遠不會掀開籃子看裡面的東西，直到她允許為止，否則會有巨大的災難。

幾個月過去了，那男人逐漸淡忘了承諾，他越來越好奇，每天越來越接近那籃子，他走進妻子的房間，看到的籃子總是緊緊的蓋著。有一天，當他獨自一人的時候，他再也忍不住了，他走進妻子的房間，看到籃子就擺在陰影處，他慢慢的掀開蓋子，期待某些驚人的發現，他站在籃子前，不可置信，最後，他再也忍不住了，終於大笑了出來。

晚上他妻子回家啦，立刻明白發生了什麼事，於是淚眼汪汪的對他說：「你看了？」

他笑著承認說：「你這個笨女人，對這個籃子有什麼好大驚小怪的呢？裡面根本沒有東西嘛！」

「沒有東西？」她幾乎無力的說。

「對，我保證，什麼都沒有！」他特別強調。

女人轉過身，背對著他，往太陽下山的地方離去，從此再也沒有看見她了。

故事結束了，但故事卻遠不會消失。

這是我最喜歡的布須曼人故事，女人離開他並不是因為籃子是空的。恰恰相反，籃子裡面裝著世界上最美好的事物，那些都是她存在那裡給他們兩人的。他掀開籃子，盲目宣稱籃子裡面是空的，於是他看不到自己與他們兩人的靈魂，女人（帶來最美好的事物）成了我們無法追尋的記憶。

我相信每一個部落格都是一座編織精巧的籃子，籃子裡裝滿了天使的禮物，而每一位藉由網路進入部落格的閱聽人，我希望他們在掀開籃子之後，不會如那個盲目的男人一般，站在籃子前——哈哈大笑！

二〇〇五年八月六日

捕鼠人

印度東北部阿魯納恰爾邦老鼠大量繁殖。在阿魯納恰爾邦的東卡門地區，到處都可以看到竹葉開花，老鼠吃了竹的花朵和種子，便會以驚人的速度加倍繁殖，在三個月內，一隻老鼠便變出三百隻，以等比級數計算，再三個月會有多少隻呢？300×2＝600 隻，錯啦，是 300×300＝90000 隻老鼠。天啊，一隻老鼠在半年就可以繁衍九萬隻，太誇張了吧！

於是當局為了防範老鼠的威脅，想出利誘全民合作的方法，就是居民凡是送上一條老鼠尾巴，便可以得到二盧比，相等於不到三美分。居民的反應非常熱烈，在計畫推出至今不到兩個月，當局便收到千多條老鼠尾巴，暫時遏止老鼠的繁衍。

事情還沒有結束，因為居民的反應太熱烈了，大家都成為專業捕鼠人，送上老鼠尾巴的數量越來越多，於是當地官員只好降價啦！為了幫庫房省點錢，現在老鼠尾巴的酬金降到一條一盧比。

我想事情還不會結束，根據我們在七〇年代「撲鼠行動」的發展（五年級的同學，你還記得我們將老鼠尾巴交給老師那回事吧），接下來就會有「專業養鼠人」，人家是撲滅老鼠，他則是老神在在的養老鼠，然後用老鼠尾巴大賺國家福利的錢；最後，等到事情曝光，「撲鼠行動」也就解散啦！

這讓我想起羅爾德．達爾[1]寫過一篇精采的〈捕鼠人〉。捕鼠人——他，穿著一件大口袋的老式黑色夾克，「他踏著輕輕的步子，偷偷摸摸從車道另一邊溜了過來，雖然踏在鵝卵石上，可是連一點聲音都沒有。」達爾在描摹捕鼠人的行動簡直就像是一隻老鼠，沒錯，捕鼠人說：「幹這行的你得懂老鼠才行。」因為老鼠比狗精明。捕鼠人查看下水道，敘述者我好奇的在一旁觀看，並盲目的建議把毒藥投入下水道，捕鼠人洋洋得意的說，「你知道會發生什麼事嗎？被沖得一

1 Roald Dahl（1916-1990），英國兒童文學家、小說家。著有《查理與巧克力工廠》、《吹夢巨人》等作品。

乾二淨，就是這樣。下水道就像條河一樣，了嗎？」達爾在寫下「了嗎」這個詞時，一定像我現在一樣發出得意又輕蔑的笑聲——不懂老鼠就不要亂說話。

然後捕鼠人就說啦，將裝滿灰的紙袋垂到下水道水面上一點點的地方，這樣就行了。這行得通嗎？我們都會懷疑，於是捕鼠人藉著小說問我們：「老的老鼠從下水道游過來的時候看見了那袋子，然後牠會停下來，聞一聞，覺得不是很難聞。然後，牠會怎麼做呢？」

我不知道你的答案是不是和我一致，不過一般的讀者應該會回答捕鼠人說：「牠會咬它。」對啦，這種粉末會膨脹，弄濕之後，它跑進老鼠的血管馬上就會膨脹，然後要了老鼠的命。所以捕鼠人再一次提醒我們：「這就是你得懂老鼠的緣故。」

說了那麼多不過就是要我們知道什麼是「專業的」捕鼠人，但故事還沒有結束（我們連一隻老鼠都還沒殺死呢），敘述者我說老鼠不在下水道，在對面的乾草堆。哇咧，捕鼠人說那麼多，原來老鼠是在乾草堆裡。捕鼠人拿著「只要拿一片放到嘴裡，不用五分鐘你就翹辮子」的毒藥，但是又把它收進去，「今天我不用這個」，他拿起和毒藥長得一模一樣的燕麥片，讓好吃的燕麥片將附近的老鼠全都引過來，養好了老鼠的飲食習慣，最後再下毒藥。聰明吧！捕鼠人這時候就會跟你說：「幹這行的你得聰明點才行。你自己幾乎要變成一隻老鼠才行。」

結果呢？老鼠抓到了嗎？

你該聽聽這一句話。「有些該死的東西出了問題」，也就是說老鼠並未被殺死（毒死）。

捕鼠人覺得必須對讀者有個交代，於是從身上口袋拿出一個有趣的東西，是隻老鼠，然後又從另一個口袋拿出某種動物，是隻白色的雪貂，原來雪貂會追擊老鼠。故事從此急轉而下，因為捕鼠人覺得敘述者我對「捕鼠」的專業性有些不以為然，捕鼠人挑戰著說，「我賭我可以不用手就將那隻老鼠給殺了。我會把手放在口袋裡面，用都不用。」情節出乎意料的轉個大彎，精采的在後頭，但我決定為了不再損耗讀者對小說的趣味而將結局擱置起來，在《幻想大師Roald Dahl的異想世界》一書裡〈克勞德的狗〉第一篇，你就可以看到〈捕鼠人〉這篇有意思的小說！

二〇〇五年八月七日

猶達斯的老花眼鏡

十文溪的Pihau（畢浩）是個部落稱道的好青年，當整個部落都徜徉在公賣局的酒精和漢人傳下的麻將國粹桌上時，我們的畢浩卻將太陽出現的日子花費在一棵棵瘦弱的果樹上，所以當畢浩榮獲優秀青年農民時，我們一點都不覺得驚訝。被酒精作弄得像夜晚鬼魅出沒的Ivox就搖晃著不再立正的頭顱說：「應該給他啦！免得他被果樹的葉子取笑。」手腕彎得像「八萬」的Hajung在聽牌的瞬間下了一個漂亮的結論：「畢浩的前世是水蜜桃你們知道嗎？就像我的前世是二筒，奶罩啦！」

畢浩可不管酒鬼和賭鬼的瘋言瘋語。陽光剛剛洗亮大甲溪清澈的水流，畢浩仍舊在思考著果園應該結實纍纍景象為什麼像秋天的落葉般急速的掉落，而且在果樹的周圍竟然插著枯枝，枯枝代表什麼？誰插上了枯枝？所以他決定驅動兩隻充滿泥土味的腿子上果園一探究竟！

越過人馬雜遝的谷關風景區，畢浩將搬運車的扭力發揮到極點，吼聲一步步地登上山脊，從這裡往下看，他總是悲哀的看到被觀光資本大樓壓擠得愈來愈瘦的部落，部落裡的族人泰半是被都市的外勞壓擠回來的，但是他們已經習慣城市布滿灰塵的空氣，不願意走出屋外呼吸葉子散放的氣息；腳掌也必須穿上文明的塑料鞋才能走路，何況他們已經沾惹了過多都市人的習氣，上山整理果園或是採愛玉子、青藤，對他們來說是比有秩序的建築結構還要恐怖的事，因此他們寧願在酒精和牌桌上盡情地訴說曾經有過的豐美的人生，彷彿這樣就可以支持一日精神所需。

要到山上的果園必須先經過猶達斯 Nawi（拿威伊）的工寮，猶達斯在工寮生活已經有好幾十年的歲月了，猶達斯對畢浩說：「孩子，你聞聞看，山下升起什麼氣味？」畢浩說不知道，是車子廢氣的味道吧！老人說是金幣，而金幣不是泰雅的味道。「那什麼是泰雅的味道呢？」老人湊近畢浩的鼻子，兩個鼻孔很快地就襲入一座森林的氣味。畢浩因此每次上山，總要來到老人木頭搭建的工寮，有時就只是靜靜地對看幾分鐘，有時老人會說有空拿份報紙來吧！原來老人是識字的。有時老人驚駭地說我夢見山下的飯店爬上山了，畢浩就會適時地安慰飯店是不會自己爬上來的，是人到山上蓋了水泥房子。老人也會不安的檢視失去獸味的繩圈，無限遺憾的說：「現在的猴子都變聰明了，好像都大學畢業了。」這個時候，畢浩就不知道該如何安慰老人，因為老人曾經是部落裡最出色的獵人，培養一位好獵人是需要一座座森林的，可是森林變小變破碎了，馬路在森林的肌膚畫上一道道的缺口，森林自然就流血了，流血的森林還能不衰弱嗎？人們開了路，野獸就找不到回家的路；可是許多人都責怪泰雅的獵人，事實上，獵人是不會傷害森林的。

畢浩來到老人灰白色調的工寮前，把搬運車停穩，接著就要走路上山了。他看到老人在室內不安的走動著，似乎在尋找什麼。老人就說：「孩子畢浩，找找我的老花眼鏡吧！它長了腳不知道跑到哪裡去了？」畢浩在屋內外尋尋覓覓，怎麼也沒看到架在老人鼻梁上的沉黑色的眼鏡。老人說我做了一個夢，森林裡的野獸都下山了，你們為什麼下山啊？果子狸說上面轟隆隆走動的鐵房子讓我們無法睡覺。我張開眼睛，眼鏡就不見了。也許他們拿走了吧！

畢浩覺得老人今日的驚人之語也未免言過其實了，只好安慰著說：「也許你走到哪裡掉了吧！路上我會幫你留意的！」

走了一座部落長度的山徑，畢浩認為老人的夢或許是一則預言，因為山頭確實正在大興土木，不知道又是開發什麼森林浴、遊樂區之類的觀光區。往上一看，一群猴子卻擋在路上不知圍繞著什麼？畢浩靜靜退下，趕快回到老人的工寮要了一把土槍，裝上鉛彈，像小偷一樣溜上去。猴群還在，畢浩覺得一顆子彈的距離還沒到，又靜靜的往上爬，沒有想到山谷的風將人類的氣味傳上去，猴群不安的聒噪著，終於發現畢浩而一哄而散，卻有這麼一隻彷彿失去鼻子的巨大猴子背對著畢浩沉思，畢浩緊張的瞄準，隨著「呯——」的一聲，子彈找到了猴子的心臟應聲而倒。「怎麼有像人那麼笨的猴子呢？」畢浩邊走邊自言自語著。將猴子翻過來，一架沉黑的老花眼鏡赫然掉落下來，掉在一張過期的報紙上，在政治版版面上竟然是「野生動物保育法」施行細則。原來這隻長老級的猴子正在解讀條文給猴群聽，但是在森林裡太專心的看法律條文是會失去鼻子的。

「找到眼鏡了，猶達斯！」畢浩順便將大猴子摔到工寮屋內的地上，「砰——」的一聲很是得意，「他在看報紙！」

老人一點驚訝的表情都沒有，只是淡淡地說：「跟你講過我夢到了嘛，老人的夢是真實的！」

一九九九年六月三十日

部落觀光的故事

現在都市的朋友大概都比較容易「體驗」部落生活了，就像在原住民某族（阿美族）的慶典裡手拉著手跳舞的畫面，其實這已經不難捕捉，而且還可以透過「安排」來輕易的達成。

配合著「二〇〇五台東南島文化節」的登場，台東縣政府選定五個部落推出體驗活動，即阿美族的都蘭部落、布農的延平部落、卑南的南王部落、排灣的撒布優部落、魯凱的凱魯瑪克等，在部落體驗中，除了可享受道地的風味餐，還能進一步了解文化。

不僅如此，旅行社之一的燦星旅遊網還設計了台東部落傳奇一日遊，收費一千二百元，可選擇一個部落體驗，都是上午八點半在台東火車站出發，晚間六點半結束，內容包含文化體驗、風味餐、景點參觀等等，最後再到南島文化節的活水湖會場。另有二天及三天的套裝行程，五百四十六元起跳。

也就是說，這類的體驗是「套裝觀光」的賣點之一，企圖創（假）造異族生活情調。老實說，這也沒什麼不好啦，資本主義嘛，資本創造文明，文明推動進步，原住民也要文明也要進步啊！就像幾十年以前，族人剛剛開始至都市「體驗」文明的時候，看到會自動出水的自來水水龍頭簡直是驚為天人，於是向水電行買水龍頭，族人就問老闆：「只要插在牆壁上，水就會自動流出來嗎？」老闆說：「沒有錯，但是你要轉開水龍頭。」老闆還帶著族人到洗手間親自示範了一遍如何轉開水龍頭，族人再一次瞪著嘩啦啦的水目瞪著口呆著。

接下來呢？族人喜孜孜的回到部落，然後回到部落裡的家屋，房子是竹造的，族人選了一處最方便使用水的牆壁，挖一個洞，細心的安裝上去，然後鄭重其事的邀請家庭的成員，觀看他從都市帶回來的神奇魔術，他扭開水龍頭，一吋一吋的扭開，嘴裡發出「出來，出來」的聲音，等到水龍頭整個都扭開了，卻連一滴水都沒有滴下來。族人只好悻悻然的說：「下次我要宰掉那個騙山地人的水電行老闆！」

你看，不經一事不長一智，後來我們知道了水龍頭要接上水管線，然後水管裡要有流水。

現在，原住民部落真要「體驗」一下部落生活還真的得依賴觀光哩！少了這些觀光活動，部落生活差不多都被文明生活打敗了，不就是上網、卡拉ＯＫ、喝悶酒、飆車……等等的，有了觀光，部落的孩子就可以趁機「體驗體驗」老祖宗是怎樣生活的！這不挺好！

這讓我想起一個美洲印地安的真實故事：

某鎮（美國西南地區），每年一度的觀光季又來臨了，鎮上有一半是原住民，一半白人，但是觀光委員會由白人掌控，這一年恰巧是一百週年，委員會打算擴大舉辦，以往大部分都是靜態的參觀活動，這回計畫每天有個動態的節目，最好是真實地演出百年前慘烈的戰爭歷史，這保證能夠吸引更多的觀光客。

反正鎮上正好有真正的白人與真正的原住民，於是決定每天演出一場「傷膝河戰役」。有三個原住民年輕小夥子也被徵召演出，三人興致勃勃的演出，但是結局總是屬於自己這一方的原住民被屠殺殆盡，雖然每天領表演費，但心中一直不爽，不爽的原因是「為什麼祖先那麼沒用，老是被白人幹掉」，偏偏三個年輕人的歷史都很爛，學校教的歷史課也都含含糊糊。

於是找了還沒有死透的老人問問久遠以前的故事，不問還好，一問之下才知道這位沒死透的族老還是當時事件的倖存者，偏偏族老說起那一段慘烈兼及殘酷的歷史時，大概是那具衰老的心臟無法承受激動莫名的打擊，居然一命嗚呼哀哉！這下可不得了了，舊恨（傷膝河戰役歷史）加新仇（老人在他們面前活活掛點）這全都算在白人——正確的說是觀光委員會掌權的那一批白人——頭上，三個年輕小夥子正是血氣方剛的年齡，心下暗幹道：「要嘛就來真的，觀光，我呸這假的玩意！」三人來到鎮立博物館，果然看到老人說的各式祖先器物，包括真正的長槍、彈藥。好啦，事情這下子一發不可收拾了，三人在表演當中，將空包彈換上真正的彈藥，在飛馳的馬背上憤怒的狂嘯著，逗得觀光委員會和觀光客都覺得過癮極了——簡直真實到不行——接著，隨著一顆要命的子彈射出，像一顆被歷史擠壓的子彈射出百年來的憤怒，子彈穿透了第一個委員會白人的軀體，鮮紅的血真實地流了出來……

後來呢？後來三個小夥子一看事情鬧大啦（本來只趁亂射傷，一解心頭恨罷了），接著就是三人亡命的故事了。好了好了，怎麼講到這裡來了呢？我們還是將視點放回台灣吧！我的意思是說，搞觀光祭典也沒什麼不好的啦，好玩嘛！反正大家都知道是玩假的，對不對？快樂就好，觀光客玩得愉快、旅行社永續經營、部落族人賺點觀光錢、縣政府也達成觀光倍增計畫，何樂不為？但是，千萬千萬，不要玩真的，玩真的，會出人命的！

二〇〇五年八月九日

老議員的最後一擊

此事說來，甚為悲壯，悲壯之餘，自然就有些蒼涼的況味。

部落的清晨寧靜如昔。你可以不用雙手扒開窗戶，翠綠竹林間就傳來竹雞的破曉聲，鈴鐺般的鳥語也會配合著鳴響。到了傍晚，只要看到院子裡升起了篝火，就知曉有一群族人正在傳遞著部落的訊息，這樣的習慣彷彿是久遠已極的傳統了。事情就是從一堆篝火裡冒長出來的。火堆裡能冒長出什麼東西？不就是話語嘛，火辣辣的說辭。

話語和說辭可以火辣辣通常就和國家政策是很有關係的，在我們部落裡，要說推動政策之類的就非鄉公所莫屬了。話說鄉公所為了因應全國性的週休二日制，眼光又深又遠的就瞧見了日後的「觀光收益」，反正是都市人上山、賞山、玩水、親水，肚子餓了總得吃吧！吃什麼？當然是要給吃具備「地方特色」的山產野菜啦，只要將這些食物做得很像「泰雅」就對了（就算不像也無所大謂的啦），鄉公所因此通令所下輔導的家政班要找塊地種種野菜，我們部落的家政班婦女們為此事連開了三個月亮的會議，直到貓頭鷹的叫聲嚇壞了婦女鬆軟的肚皮（貓頭鷹在夜晚鳴叫意味著有婦女將要懷孕），最後才由積極求表現的副班長一手承攬種野菜的三分地。副班長向警察老公撒了五個貓頭鷹的嬌，我們派駐在大棟山上的族人張警官終究是不能不陷溺在溫柔鄉中便一口答應了，也因為已逝的父親正好留有一塊三四分大的田地，更重要的是，順便趁這個機會向「商借」了二十年土地的叔叔歸回己有。

隔天一早，張警員向副班長妻子說聲到了派出所就打電話找東勢小鎮的怪手劉將田地整修一番，明日下午家政班即可火速種下野菜種苗，待它火速成長即可火速炒幾盤泰雅菜餚給週休二日的都市觀光客火速火速抹抹蒼白的嘴唇。兩人的嘴角一時又浮現出只有貓頭鷹翅膀才擁有的優美弧度。

至於張警員的叔叔，則承襲祖先的習慣，太陽還不敢亮出來的時候就備妥中午飯包、腰繫柴刀、全身專業果農裝扮，一如準時升到八雅鞍部山頂報到的太陽，叔叔也準時的趕赴多年來相依為命的果園，儘管果園是二十年前向姪子

「借」的，借了二十年不就等於是自己的了嗎？也許叔叔是這麼想的！

叔叔哼著原住民流行天后阿妹輕快高亢的歌曲踏上通往果園的小路上，不遠處卻聽到轟隆轟隆嘎嘎嘎嘎的機器聲驚碎了原住民天后的優美歌聲，一到果園，不得了啦，一架醜陋的怪手正在修理自己的果園。

「嘿！停下來！停下來！」叔叔擋在怪手側邊大聲地喊：「你幹嘛挖我的地！」怪手停止機器手臂的運動，一隻手像跌斷的山豬腿攤在地上，緊接著，一顆只有屬於客家子弟才有的備極勤勞的頭顱歪了過來。「張警員叫我來整地的啊！你是誰？」

一聽是自己的姪子，叔叔心涼半條有多，但是再涼也不能讓多年血汗付諸東流。叔叔和客家怪手爭執半天，客家怪手劉一方面礙於警員的威力，一方面半天工總不能一頓搶白就作罷，因此仍舊嘎嘎嘎揮動第三隻手繼續蹂躪著果園。叔叔見狀似乎已知到了無可挽回的地步，急忙趕回家裡再風風火火地趕回到現場，只見叔叔手持「砍美啦」相機不輸國際級攝影師的架式左拍右拍上拍下拍只差沒有將客家怪手拍得火冒三丈，最後，叔叔留下一句絕望而堅定的恫嚇：「你的犯罪事實都在『砍美啦』裡面，等著坐牢吧！」

叔叔在小山丘吃完涼得徹底的飯盒之後，怪手也停止了運動，乾癟的果園現在已經像一座巨大的國小操場了，叔叔只好心痛的走回家中。

晚上，叔姪倆自然是一陣「心戰喊話」。張警員也許是在大棟山上的派出所已經很久很久沒有抓到外勞了，換句話說，沒有功績，因而鬱卒之情我們是可以體會的，所以他後來說出這麼一句話的時候我們沒有一個人會大驚小怪的，他說：「叔叔，那你把這二十年來住在我家的房租和電費繳出來！」叔叔聽完姪子的憤怒之語，一時才會意過來，啊！原來自己已經白白在姪子家住了那麼久遠的一段歲月囉！等到會意過來之後，自己就像洩了氣的籃球，癟著紅豔豔的臉躲回了房裡。

回到房裡的叔叔依然怒氣未消，但隨之而起的是揉合著羞愧與驚訝交纏的氣息，他因此決定要找老議員兼表哥討回泰雅的公道。

二十年前叔叔在果園鋤下第一犁，同一時刻響起的正是叔叔的表哥恰恰燃上的第一響當選縣議員的鞭炮聲，二十年後當那些畢畢剝剝的鞭炮聲穿越時間的窗口似乎還讓叔叔的耳朵準確地接到了，叔叔來到了表哥的門口時，那歡天鑼鼓的當選鞭炮聲已經換成巨大而空蕪的沉默。因此當叔叔囁聲地喊著：「Sujan（泛稱哥哥）」一時，從幽暗的牆面傳回來的是——呵呵呵……

叔叔將事件原委稟明一遍，並且發揮泰雅族幽默而誇張的說故事的本色，再加上近年來從漢族政治新聞上所學到的避重就輕的官方說詞，點出了自己的姪子實在是太不體恤年老的泰雅老人啦，應該徹徹底底、結結實實地給這些沒有Gaga（規矩之意）的年輕人一點點一滴滴的教誨。叔叔的表哥也就是我們二十年前習慣稱呼的縣議員大人終於舉起不再年輕茁壯的右手掌熊熊朝快要乾癟的胸脯捶下那麼一記，就是這世紀之槌讓叔叔的心頭安靜沉穩得像一面高山上的小湖泊。

當叔叔自門口消逝離去的剎那，老議員老驥伏櫪的一顆熊熊熱情重新又被點燃了起來，這支火種湮埋在這一方斗室少說也有十幾年了，因此老議員從古老的沙發椅往外看的時候，一片好晴好天豁然展開在眼前。

當下的第二天早晨，老議員莊莊重重的整裝待發，隔壁村娶來的媳婦見狀頗為驚訝地詢問著：「爸爸？你要去哪裡？今天穿得那麼好看！」老議員留下一句頗為浩然正氣的「為民服務」正要走出屋外，又返頭遲疑地問媳婦：「有沒有兩百塊，到鄉公所的車費！」老議員在老練商店等待客運車的時候，兒子正好駕馳著紅色喜美經過，一眼視到老父安座候車椅上便覺得驚奇異常，因為平時（正確地說是自卸下議員一職之後）老父應該在上午坐上沙發椅進行古老的冥想，這會兒怎麼穿上二十年前的議員定裝出現在客運候車的老練商店前，兒子因此輕喚著閉目養神的議員父親，知道是要去鄉公所，因而就順便搭載老父前往。

議員老父秉承昔年「為民服務、大公無私」的嚴肅神情，車上一路緘默無語，大約過了到大安溪釣一次魚的時間，熟悉的鄉公所的建築物就在眼前，老議員逕自下車，人卻朝向分局走去，惹得兒子在尚未熄火的車內喊著：「爸，你不是要到鄉公所嗎？」老議員在分局服務台站定，當地警察老鳥一眼就認出老議員大駕光臨，好聲好氣好臉色的說：「議員，有什麼可以服務的嗎？」

「今天是我要為民服務，」老議員好整以暇地、慎重地自西裝口袋裡取出昨夜辛勤寫好的狀紙，狀子邊緣還印有多年前的「台中縣議會用箋」字樣。「我要告村子裡的家政班班長。」

老鳥警員看到狀紙上的人名，非常老鳥的露出被十字弓刺到屁股的臉色說：「真的要告『她』嗎？」

老議員的兒子此時出現在老父後面，剛剛聽到要告本村家政班班長，突然無限委屈的聲音說：「爸，她是你媳婦啊！」

此時的篝火四野通人性般的黯淡了一下下，隨即又被山風吹起。有人呵著欠說：「這就像晚上去射飛鼠卻看到山豬陷在吊子上一樣！何況他媳婦還給他兩百元的車費。」

後來老議員的兒子和媳婦隔天就搬離老家來到陌生的城市！至於老議員也就是我的表哥（真的是我的表哥，雖然我較年輕但輩分算是高的），有一天我們在藍黃條紋的豐原客運車上相遇，我喚了他一聲，他反問我：「你是哪一家的孩子，怎麼沒有見過？」我於是證實口傳中的老議員在此事件過後染上輕微的中風，記憶力已經大不如前了。至於其他的點點滴滴，相信也會像篝火旁的話語一樣，畢畢剝剝燒個不停，就像我們泰雅千百年來圍著篝火傳遞信息的傳統一般吧！

一九九九年八月十三日

悲憐牧師的兒子

部落牧師有三個小孩，不——應該有五個，現在只剩三個。老大老二在我們那個很部落的七〇年代很不得了的讀完大學，畢業後又很快的在都市中迷失了方向，終究淹斃在公賣局的酒瓶堆中無法自拔，我日後對他們兩位大學生的印象只剩下那個時代流竄到部落裡的長髮吉他青年形象，西洋歌曲二十六個字母從他們泰雅族豐厚如黑熊的嘴唇邊狂狂宣洩著。

後來那束狂狂宣洩的聲浪已經不是西洋曲調，廣場上空改換成氣勢逼人的咒罵與搏鬥之聲。說到底，是不是牧師屋宅原是日據時期日警駐在所武道訓練場悠遊徘徊的鬥狠氣息所致，實在很難科學式的判定，倒是部落老人獵槍般口徑一致的認為「河流走過的地方還會再來」。老人 Yumin 瞇著眼睛將廣場調整到一九三八年的灰黑色澤，老人透過記憶的石縫看到了駐在所警部補日警一把白雲般的武士刀斬開了族人紅色的雙臂，仇恨的血水遁入泥土裡，但它並沒有消失不見，十五年後廣場鬮建成長老教會牧師家屋時，復仇的血水失誤的找上了搭建木造家屋的客家鄉鎮建築師傅——尾指像蚯蚓般痛苦的跌在地上蠕動著。這份證詞補強了牧師三個兒子鎮日咒罵鬥狠的歷史遠因，也讓我們見識到漢人深信的風水之說的威力——彼個是刀光返來的所在——客家師傅幽怨的辭別自己打造的建築藝術精品。

牧師第三個小孩是我的國小同窗，同學已經是三個孩子的爸爸了，挺著一顆啤酒醃製經年的圓滾肚子，躺下的時候像極了滾在泥濘沼地的山豬，你很難想像幾年前部落籃球賽事他與我奮力爭搶逃脫球場的朱紅色仿ＮＢＡ字樣的籃球，結果是我倆同時大腿內側擦傷一片，宛如剛撕開皮毛的山羌血肉。我想要記述的並不是我國小同學牧師三兒子，牧師的老四雖然也是酒鬼一隻晃盪部落有如白天行走的鬼魅，他的行誼到底還在人類的想像範圍之內不難理解，因此我們將敘述的獵物對準牧師第五個小孩，你應該還記得我說過上帝與爛泥同享榮辱的一句話，這句話丟給牧師第五個小孩依然正確無誤。

「九二一大地震」之後，長老教會給震到大安溪底，教友也四散逃竄，牧師於是在去年退休之前募了一筆錢興建教堂，但只夠撐起鋼骨結構，傍晚霞光一片片緋紅自鐵砧山西射過來時，未完成的教堂就似一隻被固定在地上的天使，倏倏欲飛。通常這個時候，牧師的小兒子光明從鋼骨教堂竄出來，腳步明顯的浮移遊動，擔任背景的鋼骨天使也隨之抖動那麼一陣似地，接著，天空就暗了下來。

牧師的第五個也是最小的孩子取名「光明」，大致是牧師早期講道時眼神幻化出耶穌降臨的神奇啟示吧！但是光明的一生竟不似名字那般的坦途明亮，也應驗了老人家說的一句話——是猴子就讓牠爬樹，否則就會摔斷腿。光明其實也有部落教育平均值以上的高中畢業學歷，據說進出城市好幾回，不知怎樣竟患了台灣多年不見蹤影的結核病，還是山中部落空氣清新，多少也可以濾出病菌，有一陣子他與四哥連袂在山上果園養病，病好一陣就開始喝起酒來，酒喝多了又患病，如此周而復始，就像偷摘果園水果的猴子。

我記得他曾經溫文有禮的學著漢族的詞彙在早晨的微光裡向父母請安，光明將雙肩一縮，下巴抵到胸口，一座拘謹的形象就彰顯出來，嘴裡像冒泡似的魚吐著：爹，娘，早安。可惜他清醒的早晨總是比手指頭的數目還少，更多的是入夜後的醉酒，這時候，光明撒開了四肢，沙發座椅印成一隻撒歡的獸，嘴裡嚶嚶的吠著：老頭，你給我出來。牧師當然是不會出現囉，牧師正忍受著上帝的試煉，一個殘酷而歷久彌新的日常生活居家試煉。

這正是我無以理解的實態，光明以耶穌的啟示命名卻由黑暗的面目出現在人世上，他以前生就小巧修長的身軀，像一隻安靜行走在石崖的山羌，現在讓公賣局的瓶子捶打成兩邊凹洞的臉，不用彎身就亮出一截截樹枝般的背脊，行走如飄零的風雲，偶爾記憶起早年彈練教堂風琴的音樂底子，於是撥動吉他，哀傷或者激昂的歌聲都使人想起脆弱的螻蟻。

我搬離組合屋近兩個月，光明卻以隕石墜落的速度焚燬，這事要重提他曾經養過的混血土狗講起，混血土狗被豢養得和光明一個模樣，得名「小瘦」可見一斑。小瘦和我大弟的黑狗要好，黑狗生下六隻小狗，三隻轉送愛狗人士，留下三隻小狗極盡可愛之能事，小弟留下一隻養在組合屋，一日下午不見了愛犬，經過明查暗訪事情水落石出。

根據部落族人片斷的目擊，我們重組了部落小歷史事件，重組的困難度大約是八十一片中級拼圖遊戲。事情是這樣的：

牧師（目擊一號）走出組合屋門牌一號的紗門，紗門前一架四輪搬運車，牧師看見兒子光明眼神像蝴蝶飄動，「要不要到果園工作？」牧師等到的回答是：「餓，餓死了還到果園。」然後光明在下午的陽光中走失了。

玉蘭（目擊二號）在編織屋聽見牧師搬運車走路的震盪聲，「像五級地震」玉蘭精確的判斷著，然後將臉轉向另一邊窗戶，看到了並沒有在陽光中走失的光明，光明的臉簡直就要塞進紗窗，問一句「有酒嗎？」玉蘭對光明回了一句話就不再理他：「有錢嗎？」

惠美（目擊三號）正打算將洗衣機瀝乾的衣服拿到陽光下晾乾，看到光明在組合屋門牌四號玻璃窗前窺探，動作彷彿是新聞重播賊行賊事，惠美嚇一句：「光明——你幹什麼？」光明回頭說了一句讓人腦筋急轉彎的詞語：「嫂嫂，你今天很漂亮，和陽光一樣美麗。」惠美嚇得躲進屋，出來之後就不見光明，組合屋四號門口旁原有隻小狗也不見蹤影。

Vojad（目擊四號）是部落重量級酗酒者，那一天下午他卻難能可貴的清醒著，根據側面消息指出，那一天是 Vojad 父親的忌日。Vojad 的證詞指出，就在組合屋大門出口下坡處看見了腳步不穩的光明，光明胸前抱著不知是何物，遇到 Vojad 的眼睛，光明就像觸到鐵夾的動物，嘣——彈走了。我們追問 Vojad 看到光明胸前的東西嗎？Vojad 發人省思的回答：「我不和酒鬼講話的！」

思儀（目擊五號，五歲）在國小操場看到光明右手提著一物，走近才知道是一隻可憐的小狗，小狗的兩條後腿讓光明的右手犯人似的抓著。「叔叔，小狗好可憐！」光明瞪著瘦小的思儀說：「我也很可憐！」思儀不無驚嚇的奔逃。

Mama Losin（目擊六號，族老）剛從甜柿園回家，在國小操場與通往家屋的小路遇到玩弄小狗的光明，「你的狗，」Mama Losin 說：「很可愛。」光明說：「七十元，你就擁有這隻全宇宙最可愛的小狗。」

德懋商店林老闆（目擊七號）看見光明撕開商店鋁門，要了一瓶塑罐米酒與黃包長壽，林老闆狐疑的問了一句：「你怎麼會有錢？」光明將手掌的硬幣抖弄得叮零叮零，然後很具教育啟發性的教導林老闆：「你知道什麼叫商業嗎？就是用別人的東西賺自己想要的東西。」

當以上所見所聞箭矢一樣傳到我母親耳朵裡，母親隔日就向堂哥 Mama Losin 索小狗，Mama Losin 將兩手攤開，攤出無奈的說：「狗，小狗叫光明要回去了。」「怎麼會？」表舅對著我的母親不無憤恨的說：「今天一早，光明又要討一百元，好像我長了一張狗腦袋，我說一百元沒有，狗拿去。」

後來我們並沒有看見那一隻屬於我小弟的小狗蹤跡，至於光明將別人的狗賣來換菸酒的光明行徑，你還能說什麼呢？我記得大陸小說家阿城在小說《棋王》談到飢餓與吃，談著傑克．倫敦的「熱愛生命」、巴爾札克的「邦斯舅舅」時，當「棋王」的觀察者「我」說：「人吃飯，不只是肚子的需要，而且是一個精神需要……」時，王一生回答著：「……好上加好，那是饞。饞是你們這些人的特點。」「『憂』這玩意兒，是他媽的文人的佐料兒。」阿城這樣子總結了知識分子精神食糧的貧困，對芸芸眾生則是「人要知足，頓頓飽就是福。」至於說用「尺把長的老鼠也捉來吃，因鼠是吃糧的，大家說鼠肉就是人肉，也算吃人吧。」把「人吃人」這種飢餓最底層的社會以笑謔的口吻奚落一番，倒顯出了阿城意味深長的哀矜。相對於資本主義發達的西元兩千年台灣社會，神所應許的牧師及其小兒自我焚燬的酒鬼行徑，讓我再一次記起《棋王》結尾王一生嗚咽的提醒故事的主要伏筆：「人還有點兒東西，才叫活著。」正如我們泰雅老人家說的：「不要以為雲在天上只會飄，雲多了就會下雨，雨水就會滋潤土地！」

二○○四年四月二十二日

最後一滴酒

阿祥哥喝下手上夜市買來廉價碗杯裡的米保（米酒加保力達B）酒，酒液在發脹的嘴唇邊緣不安的摔落下來，阿祥哥檢視了落在冒長著灰暗色澤的腿毛上的酒液，憐惜似的用手指抹取，將它放在眼前端詳了一會，就像發現一顆珍珠般，快速的將它送進暗無天日的嘴裡，他不知道這是最後的一滴酒，一如阿拉伯諺語裡那根最後的一枝稻草，稻草終究壓垮了堅強的駱駝。

阿祥哥是我們部落的年輕人，部落的年輕人大致上都沒了屬於自己的泰雅名字，你知道的，五〇年代的國語教育讓我們忘了族名，到了六〇年代台灣經濟起飛的時代，阿祥哥就像千百個從部落飛向都市的青年一般，也躬逢其盛的參與了建設台灣經濟的角色，你們不會記得他的，因為在日後的研究報告裡面，這些從山裡到都市的勞動者被短短的幾個字概括承受了——小螺絲釘。

曾經是小螺絲釘的阿祥哥帶給我們的證據是馳騁在產業道路的野狼一二五，從都市引領風潮的窄瘦的牛仔褲管緊緊貼著不再膨脹的小腿肚，兩支精瘦的小腿靠貼在機車上時，你就不得不懷疑那其實是野狼的兩條後腿，前腿呢？前腿不就是伸在機車把手上的雙臂嗎？

這一匹往返都市與部落的野狼，經常快意恩仇的奔馳在十三公里產業道路上，好像任何接近中的人物、樹木甚至是慵懶休憩道路上的部落狗都與他有仇似的，野狼橫衝直撞，視若無睹。每一年，這匹狼總要受點傷，患處也總是在頭部，重要的是，每一次都可以神蹟似的活下來，雖然阿祥哥並不上教堂接受主耶穌的恩賜。這使得阿祥哥連續幾年獲得車禍不死的年度MVP。

最神的一次是「九二一大地震」前，我們的阿祥哥載著他的哥哥文平再度飛馳在產業道路上，臨近小鎮義渡橋時貪看玻璃櫥窗裡衣衫不整的檳榔妹，車把一個扭頭，野狼撞上了果農最愛的鐵牛，後座的哥哥首次出現驚人的彈力像撐竿跳翻越超過世界紀錄的二米五隨後高空彈跳似的墜落地面，這段話經過日後阿祥哥的口述時，時間足足放慢有給他像吳宇森的暴力美學電影慢動作，「撞到鐵牛——哥哥彈起——一張驚喜超過錯愕的臉部放大在空中——上仰的角度你可以看見散步的白雲散步在天堂——二米五的高度必須停格三秒——哥哥降下來——以部落六月梅花飄盪的姿勢落下——臉部放大，還沉醉在飛翔裡——道路兩旁失聲驚恐的路人——軀體終於撞上柏油路面——彈起幾粒瀝青——接著是灰塵像火焰般竄起……」至於我們的阿祥哥呢？阿祥哥撐起殘存的神智，指揮若定的請路人甲去電一一九務必解救哥哥，詢問路人乙最近的醫院往哪走？他用手按住頭部急欲奔竄的鮮血踽踽獨行（想像那驚駭的畫面，無人敢接近），遇到的路人丙已經是外科醫生了，路人丁可想而知就是用棉花沾滅血液的護士，好讓外科醫生縫補頭皮上的裂痕。醫生下手的第一針稍覺困難，右手只才施力，不料往後的二、三、四、五針像是手術勾針自己找到了通路，按照可口可樂的廣告詞——一路順暢到底。醫生還在納悶手術進行得如此順利時，阿祥哥轉過頭冷靜的對著醫生說出了不為人知的祕密——那個位置是去年車禍縫過的。

即使如此命大也還是讓家人驚恐不止，於是遊說年輕阿祥哥到外地工作。故事其實是從這裡才開始的。雲林有個叫做台西的地方也才初次進入到部落的記憶裡面。

雲林在台灣島的中西部，阿祥哥來到的地方叫作台西，台西比較起台北、台中、台南甚至是印象遙遠的台東都讓人有天壤之別的感受，這是個沿海聞名的鄉治，另一個有名的卻是無所不在的小黑社會。（這是阿祥哥日後在惴惴不安的情況下的說詞，你大可以不用相信！）根據八〇年代從部落外出到城市的族人說法，阿祥哥的工作相當於建築師之流，是相對高雅格調的室內裝潢，族人稱之為「室外裝潢」，大致是鷹架工、貼瓷磚、希阿給（這個詞要用日語發音）之類的特殊技藝。

這一天才下工，夕陽就要被海水澆熄，當野狼一二五剛要嘗試噴第一口憤怒的火苗時，阿祥哥遇見了下部落的貴梅姐，下部落的貴梅姐遠嫁雲林（我們忘了是第幾次梅開），也有多年不見熟識的族人哩！於是用很傳統的熱情邀阿祥哥敘舊，於是用很泰雅的風俗請阿祥哥喝解救台灣勞工的台灣啤酒，阿祥哥於是用很部落的速度喝完了一箱由冰轉溫的啤酒，最後用很大方的一千元再去買酒，阿祥哥以獵人般明快的動作騎著一匹搖搖晃晃的野狼穿行在台西鄉兩岸稻浪發出沙沙聲的道路上，野狼還沒有開到全球化的 7-11 就倒在路旁水溝。我們日後證實台西派出所沒有任何關於阿祥哥的車禍紀錄，因此也無法確定事發之時是幾點幾分，不過我們部落派出所卻接到了一通緊急協尋的電話，時間是凌晨零點三分，發話者是台西綜合大醫院。

我記得那天晚上部落警用擴音器異乎尋常的發出呼叫某人的粗啞音質，阿祥哥的母親也就是我的 Yata（阿姨）接過流著水一般遊蕩在黑夜中陌生而甜美音質的話筒：「請問你是林文祥的家屬嗎？」Yata 緊張的回答 Hu——Hu——（是，是）三秒鐘的尷尬，Yata 改說：「我是文祥的媽媽。」應該是護士吧那甜美的聲音說：「請你趕快來，領回林文祥，我們這裡是雲林台西綜合大醫院。」

Yata 將醫院、領回、趕快來幾個詞語重新排列之後，得出一個最不願意說出也最有可能的結論：我的孩子掛了。（「掛」字在部落的定義是：車禍到不行的族人通常「掛」在山谷的樹枝上，或是「掛」在嶙峋山石，像蓋印章一般。）

Yata 淚眼婆娑找來大兒子文平語焉不詳的交代一定到雲林台西綜合大醫院接你弟弟回來，也敲了雜貨店妹妹一毛不拔的門板艱辛的借到三千元，半夜沒有公車只得租用部落計程車，來回少說也要三、五千元，於是又找來女兒，女兒的先生是警員，多少還有一點錢，四處張羅的 Yata 將一萬一千七百元交到大兒子手上，仍然淚眼婆娑的告知一定要帶回弟弟，不論他變成什麼模樣。哥哥找來計程車司機雷秀，一聽是阿祥哥出事自動八折優待來回二千五百元但高速公路回數票要自付，香菸檳榔米保酒等提神糧食也由雇主負擔，心急如焚的雷秀與憂心忡忡的哥哥因此在黑夜彌天的凌晨一點鐘上路了。

他們差不多也是摸黑摸到了台西綜合大醫院門口，電動門兩側白色壁面被墨綠色的燈光照耀的陰森慘慘，雷秀適時的將右手搭在文平的肩上，眼神哀戚的說著：「不要難過，上帝的做法總是讓人難以預料。」文平接過了安慰的眼神，電動門為他而開啟，尋到櫃檯，幾乎要泣不成聲的對著值班的護士說：「我要來領回我的弟弟！」護士小姐疑問的問著：「你要找誰？」「林文祥！」說完眼光就急忙找弟弟可能躺臥的地方。「等一下，等一下——」護士喚住文平說：「先繳費啊！」天啊！事情都已經發展到這種地步了還要顧著繳費，文平按住因憂傷而憤怒的情緒，等待著護士在電腦終端機上計算金額，護士抬起頭，愉快的說：「有勞保，只要一百五。」文平嗒然若失的望著泛出白色光芒的收據，正好看到弟弟阿祥從收據的前沿晃悠悠的走來，還聽見護士稍帶嫌惡的話語說：「酒鬼，帶走最好！」

阿祥哥、文平與司機雷秀回到部落時早晨的太陽剛好爬上八雅鞍部山脈的綠髮上，停在家門口時第一道金陽恰恰射擊了三張疲憊了一晚的臉孔，母親一夜的擔心終於可以放鬆綳緊的心臟就著客廳沙發睡下去，哥哥文平惱了一晚將數落弟弟的話一路棄擲在高速公路上，累了，也回房睡去；至於阿祥哥仍舊在台灣啤酒的宿醉中掙扎，最後到對房臥室拉著小被意興闌珊的蒙頭蓋上，只露出海岸線一般的平頭。故事到了尾聲但還沒有結束，因為阿祥哥的表舅畢浩上午砍草的心情像亂雲嚎叫一般，到了中午便急不可待匆匆向雇工主人辭了工領了半日薪資，肩扛砍草機腦子胡亂想著一早表姊的哀戚之詞，「這麼年輕就……我該怎麼辦啊！」

我們看到憂傷的畢浩走進了表姊家，表姊累倒在客廳沙發上，畢浩輕聲的問：「阿祥哥回來了嗎？」表姊的手指抖顫的指向對房（不是因為傷心過度而是朦朧與疲倦所交織出的舉止），對房就是阿祥哥的房間，阿祥哥應該就在裡面。畢浩已經蓄積了一個上午的眼淚到了門口就要噴灑而出，只看到阿祥哥僅潦潦草草的覆上一層薄被，周圍也還都尚未布置妥當咧！喉嚨一哽，心頭就一陣酸楚汨汨流淌，畢浩不忍再接續看著這樣貧困已極的悲哀家庭，反身回步，走到表姊處，從散發著青草味的口袋裡掏出工錢八百塊錢，對著悠悠醒來的表姊痛徹心扉的說了一句自己也覺得充滿異族風味的話：「節哀順變！」

Mama（對男性長輩的尊稱）畢浩在 M-sua-gai（分離儀式）的篝火邊說出這個故事說到「節哀順變」時，我們都被惹得爆笑連連，因為恐怕連阿祥哥聽見了都要跳起來狂笑，因為畢浩的表姊在聽到這句話時哭笑不得的說：「你不要難過，阿祥活得好好的，他只是酒醉睡著了。」

現在，阿祥哥真的睡著了，他不知道那是最後的一滴酒，被沾在手指上的酒液怎麼看都不應該是一顆珍珠，反而是一記萌發肝硬化末期的子彈，這顆子彈被送進阿祥哥暗無天日的嘴裡直抵心臟。我用這種方式敘述部落族人的史蹟是符應著基督徒的信念——天庭上下都應知道，神同軟木與爛泥一樣令人愉悅。阿祥哥正如每一位逝去的族人般提供了部落令人愉悅的訊息，因此，我記錄並且如實紀念他。

二〇〇三年十一月三日

漂流木的下落

我們部落最近發生幾件極其詭異的事情，說來你們是不大會相信的，偏偏它們就發生在我生活的周遭。

此事是有些曲折，因而就顯得過分迷離。前兩天，大表哥不幸因為猛爆性的肝硬化及其併發症而速速了結了他不到五十之齡的生命，部落各色人等莫不為其壯年逝去而悲憤哀痛不已，醫院的救護車送大表哥回到部落安歇離去時，還差一點找不到回都市的道路，當時天色已近黃昏，加上產業道路拜隔週休二日之賜正大興土木中，一時煙塵瀰漫，很有荒野而哀戚的色澤，幸好救護車遇到了我，我沉痛的舉起左手遙指穿龍隘口，根本就無暇顧念救護車是否找得到回都市的路，誰叫他帶回來的竟是身軀已告冰冷的大表哥。當晚，我也來到 Mlahau（護衛、安慰靈魂）的儀式，庭院已經聚集了幾個人堆，我自然來到壯年這一組的鼎沸人聲之中。

Mlahau 通常接連三天到一週不等，幾個晚上都必須談論死者的美好人生，說完一整段有時就禁不住哀痛來到死者面前說：「聽到了嗎？」好似那安詳的臉龐只是短暫的睡去一般，因為要度過漫漫長夜，一些無害的笑話通常用來提振士氣，「死亡」當然也是主題之一。Siazuon（我們姑且暫譯為「夏榮」好了）是壯年輩最懂得說話的族人之一，精湛的族語和維妙維肖的模仿，更令人拍案叫絕，通常只要他在陣中，很少有人願意離開的。

咳……咳……，這是乾咳的幾聲是他要說話了，老人家就是用這種「姿態」來做某種宣告的。夏榮說：「死人我是看多了，老的少的男的女的，就沒有看過 Amin（阿明）女朋友那種死法。Amin 是個部落有名的酒鬼，他擔任酒鬼的名字之前是警員，原來應該會有個美好人生的，可惜有一天酒醉之後，不滿的情緒使他輕易的拔起腰間的手槍指著主管的頭顱開開無害的玩笑，因此結束了他的「為民除害」生涯，後來也不知道是什麼時候他交上一位外地的女友，兩人恩恩愛愛吵吵鬧鬧像極了尋常夫妻，他女友過世是幾年前的事，特殊的地方在於——死在我們部落。

那一天警察驗屍完了，所有的手續都完成了之後，接下來就是該怎麼安葬的擾人問題，Amin 就和朋友商量。朋友問她的家人呢？原來女友沒有什麼家人，最後他們決定將其火化。Amin 那時候已經是個酒鬼了，所以他的朋友 Basan（巴尚）、Lido（利德）也是不折不扣的酒鬼，這和漢人說的「近朱者赤、近墨者黑」的道理是一致的，我們後來叫他們「三劍客」。

上午三劍客租車攜著死亡證明書和女友一同來到台中大肚山上的焚化場。從部落到大肚山是很有一段距離的，粗略的估計是有五十公里之遙，來到焚化場，選了一間焚化爐，看爐的是一位外省老人，屍體擺放爐內，靠上鐵門，三個人眼尖就瞄到喝乾的酒瓶，一時之間三人才想到一路上竟然沒有喝酒。巴尚搭訕的喊著：「老鄉，您幹燒人的工作多少年啦？」他覺得這句話恰如其分的專業。外省人臉紅通通不急不緩的說：「什麼燒人，四十年前我還專幹殺人的事哩！燒人，燒個人算什麼？」嚇了巴尚一跳！

「沒酒了！」利德摸出空酒瓶，樣子很是引誘。「天冷，喝一點吧！」

看爐人原先不答應，後來部落三人出資，不喝也是白不喝，何況大肚山上的十一月份冷風颼颼，但是看爐人還是謹慎地說：「幫我看好時間！」部落族人也是戒慎戒恐的模樣，倒完赭色汁液的五加皮酒仍不忘探看灰牆上緩慢滴答的老掛鐘，整個景象是令人放心的，阿明甚至走向爐邊假裝想要察視一番屍體燒得如何如何，引得外省看爐人說：「不要鬧了！」

半打紅湯下肚之後，大夥已有醉意七八分之多，突然外省人警覺的望著火爐，用力拍了一記自己殘存幾根白髮的頭顱說：「他媽的，沒瓦斯了。」這火也不知道是在什麼時候停止噴吐火舌的，眾人都擠到火爐口邊，果然沒火了？

「火真的停了。」巴尚補了一句，好像火勢因為他的一句話真的停止一般。外省人說：「怎麼辦？」怎麼辦怎麼辦，燒屍體又不是我的職業，有人在洩漏著人體焦味的室內吼著。阿明說電話呢電話呢，恐怕他也是急得很。「打開看看吧，說不定已經燒完了！」利德對著看爐人說。看爐人一邊小心地打開蓋子，一邊自言自語說時間還沒到。其實屍體已燒得差不多，就只是一雙手掌和一雙腳掌尚未燒盡，在煙塵漫散的爐室中似乎要掙扎著走動一般。還好看爐人士專業看爐，「砰——」一聲，已然將爐口蓋上，但看爐人仍舊不忘專業評論一番——啊！是身體太大了，燒不完全。有人啐道，這跟身體大小有什麼關係！是瓦斯不夠力啦！

阿明已經打電話回到部落，部落裡最熱心的非夏榮莫屬，聽到阿明的聲音說：「趕快來，我們這裡需要柴火！」夏榮就疑惑地問著什麼叫「柴火」，柴火就是木頭啦！原來是木頭，夏榮說：「你講 Koni（泰雅語，木頭）我就懂了啊，什麼柴火！」

熱心的夏榮找來凌晨放魚釣返家的表弟 Tsinfu（進福）登上搬運車鼕鼕的驅下部落，他們來到大安溪床撿拾碩大漂流木，直到搬運車滿載而歸，進福終於忍不住對著表哥夏榮疑慮的問著（汗水也是滿滿一袋了，用手一揮，像急雨落下）：「漂流木是要幹什麼的？」進福擔心表哥要放棄山上的工作改換雕刻藝術家，報紙上真的這麼刊登過有人快速的改換成藝術家，問題是泰雅族從來沒有「雕刻家」的名字！

「用來燒屍體我想這些應該夠了，」進福瞪大著眼睛，不會吧，燒誰啊光天化日的！夏榮接著說：「阿明的女朋友啊，他們在大肚山上的殯儀館說是要 Koni，Koni 就是柴火，反正他們燒到一半火就熄了。」

這個時候你就可以看到搬運車是如何展現它驚人的耐力！他們一路穿越崎嶇難行的產業道路來到十三里外的東勢小鎮，到了小鎮就有暢快直行的柏油路面，搬運車靠著外側行駛，因為內側兩道已經被縱橫馳騁的卡車、轎車、摩托車占滿了。他們也無視於路人詫異的眼神，彷彿是進行一項神聖的使命，因而夏榮有時大膽的對著都市的空氣喊著：「看什麼，沒看過木柴燒死人！」

到了豐原小城，車流雜亂而火爆，使得搬運車有些窒礙難行。他們覺得應該喝口涼的順便通知阿明等三劍客說他們已經風風火火地趕來了，敬請稍安勿躁，如有酒煩請留下幾滴云云。公用電話接過去時已經分不清是阿明、巴尚或是利德了，反正聽筒划過來的聲音彷彿泅了幾千公尺那樣的疲累，「燒⋯⋯都燒完⋯⋯了，他們⋯⋯他們帶⋯⋯瓦斯⋯⋯上來⋯⋯」

「燒完了，」夏榮對著無憂無慮的進福說：「他們竟然把屍體燒完了。」「就不等我們？」進福瞪著比魚眼還大顆的眼珠子憤憤地說：「在部落，早就被拉到牆壁苛剌（形聲字，意思是「很痛」）三下了ㄨㄟ！」

這時候，反而是他們兩人開始煩惱了，搬運車上的漂流木在車道邊怎麼看都覺得不合時宜，就像在繁華的都市中茂長一座荒廢的孤島一般。兩人搭在搬運車上竟也像孤島上的海難者。「有了，」夏榮摸著十一月冬陽照耀的亮晶晶的禿頭道：「Mijun（明勇）住在潭子，潭子很近的。」明勇是夏榮兒時玩伴兼同窗，一二十年前就在都市打拚，去過他家幾次，路是不會跑的。

兩人意氣風發的直驅五里之遙的潭子，搬運車也適時的發出山中特有的吼聲，一時令人側目不已。

進潭子，繞過縱橫直角九十度的巷弄間，雖然碰倒了兩部不長眼的機車和五輛腳踏車，終於還是神奇的停駐在都市裡的族人家門前。喚了聲，門開了，出現的是慵懶至極的都市族人明勇，明勇驚訝兩人到訪，但是當他的眼睛越過兩人肩膀後面時，就露出了不可置信的扭曲臉龐。

「你們從部落來潭子就是載這個，」明勇手指漂流木。「它們應該躺在河床上的啊！」夏榮靦腆地說：「送你，可以燒火的。」

「不要鬧了，現在都用瓦斯爐天然氣的，」明勇登時清醒許多。「要喝酒就說一聲，漂流木我是沒辦法要，光是砍柴，它就會弄斷我的手。」

三人一時閒話部落，二十年部落轉變就在一小時之久的話語中編成一團神奇的傳說。告別的時候，夏榮與進福也有三分醺醺然。搬運車離開巷子，看到車水馬龍，發覺困擾依舊安穩的坐在搬運車上。

「還好，」進福想起了什麼，「Tsankun（傳廣）住在翁子啊！」傳廣是夏榮的大弟，每次回部落總是西裝筆挺，現在已經是一家小工廠的廠長，夏榮老是忘了自己有那麼個弟弟，誰叫他愈來愈像都市人。

這個時候，夏榮駕馭著搬運車像極了駕騎著西部荒野的馬匹，發出機器聲響的馬匹此時盡職地衝回豐原小城，過了地下道十字路口就是翁子的地盤了。

傳廣的家寓居在一處都市罕有的水田中央，你必須越過九〇年代極其希罕的田埂道，也許你的腦海就會傳來七〇年代充滿鄉野情趣的民歌：「走——在鄉——間的小——路上……」我們催促著夏榮說別鬧了，還唱！

彼時已是下午時分，傳廣依偎在田埂道盡頭的樹旁遠遠的就聽到熟悉的搬運車的聲音，搬運車由遠而近，終於也看到了風塵僕僕的夏榮、進福二人，他很快地喚了一聲：「夏榮——」以表達自己的思鄉之情。

夏榮從搬運車上快捷的跳下，他已經在潭子與翁子之間的八里路上想好了漂亮的說詞，夏榮鎮定的說：「送給你，烤肉用的。」

這時候的傳廣是極度的難為情，但是要以一車的漂流木來烤肉，恐怕需要三頭倒楣而可口的豬才能將漂流木燒烤完，因此還是硬著頭皮對著至親的大哥說：「夏榮，如果真的要烤肉，你只要打個電話說一聲，我馬上就到巷口買一包三十元的木炭來，你何必把漂流木搬過來。」

他們在庭院喝杯水酒之際，夏榮才將漂流木的身分詳細的對傳廣說道。離開之前，傳廣想到一計，「漂流木既然是從河裡來，我們就讓它回到河裡去啊！」

「在哪裡？」

傳廣手指西北邊，「石岡水壩上去一點不是有通往石城的大橋嗎？丟下去就好了！」

說的也是，夏榮、進福告別了久逢的傳廣，順著田埂道噗噗噗一路噗向石城的大橋，彷彿那是光明希望的道路。

來到大橋上，天色已近昏黃，想想從上午一路折騰到現在，終於找到了漂流木的家，當他們將最後一根漂流木棄擲在大橋下，橋下的水面發出令人愉悅的啪啦聲，啪啦聲才正要隱沒，橋頭一端已經響起刺耳的哨音，他們對著哨音望了望，很快地，一個穿戴著淺綠制服的、像極了公務員臉龐的傢伙跑了過來。公務員臉遞了一張紅色單子，紅單上夏榮只識得三千元字樣，環保人員丟下一句話：「隨意丟棄漂流木，破壞河川。」

夏榮對著 Mlahau 上的族人說：「你們知道嗎？那一天我總共損失了罰款三千元、沒去工作一天、搬運車加油錢一千元。」

有些人已經狂笑不已。

「更糟糕的是，這些錢根本就沒辦法向三個沒錢的酒鬼拿。」

有人聽出了夏榮的隱喻，至少大表哥的死有一部分是喝酒喝廢的，肝硬化能跟酒沒有關係嗎？

「上個月，本來要跟祚漢（大表哥）說這個笑話的，他去梨山採大梨，一採就肝硬化，你說我能不難過嗎？」族人中有人勸慰著夏榮，夏榮卻忍不住來到冰鎮的棺木上，棺木裡大表哥安詳地睡著了，我只聽到夏榮對著大表哥說：「你聽到了嗎？好笑吧！」嗚嗚嗚……

一九九九年一月二十一日

偏遠教師筆記

1 真正的祕密

我是一位國小教師，位居中部山村部落的教師，正確的說，是一所小學分校的國小教師。

全校總共「只」有十七名學生，是一座山村典型的小班小校（相信大家對這個名詞還記憶猶新吧！是二十世紀末最風行的教育改革詞彙），但是為了免於因為少一班學生就要裁併到本校的命運，還從本校「輸入」兩名學生到分校，使成為「完整」的一到六年級的學校。

再準確地說，我是一位課任教師，通常這意味著在學校的位置是個「外野手」，像極了棒球賽在進行的時候，甚至都還有嚼草根望浮雲的閒散時間，而觀眾根本不會注意到你的任務，因為課任教師被賦予的命運是等待退休，然後等死，這不是特例，在我們山上的義務教育的世界裡，恐怕這才是常態吧！

為了逃離退休等死這個「不可能的任務」，我決定將自己當成好萊塢電影裡的湯姆克魯斯，在上學期末自告奮勇的接下雜貨倉庫般的圖書室，然後在「七二水災」過後藉著零星的、短暫的、安全的暑假時光，扶老攜幼全家總動員，跨過架設在河床上的臨時便道來到分校進行圖書室整理，並且終於在暑假前告一段落。

升上四年級的小兒問著：「為什麼要這樣辛苦？」我告訴他是為了健康啊！要學著古人陶侃搬書如搬磚，這樣就可以避免這個時代的肥厚症，而且減肥一斤自己就賺到三千元（依照減肥市價），這不是一舉多得嗎？

下回我要告訴他真正的祕密，揭開「真正的祕密」之前，我想先談談所謂的「教室布置」。

2 教室布置

「教室布置」，顧名思義，就是營造一座活潑、有趣的教學環境，既然是教學環境，意味著這是一座由老師與學生共同創造的學習城堡，是發展的、流動的、會呼吸、會生長的教學情境，但是問題來了！

什麼問題呢？就是開學一到二週，通常學校要對教室布置作個「評鑑」，所以每個班級就要趕著在評鑑之前完成教室布置，評鑑完畢之後，好像教室布置就完結了，就固定了，凝止不動了。好一點的班級，大致上會在每週更換學生的作品，如此而已！

真正的問題是，為什麼要評鑑教室布置？評鑑是不是基於什麼樣的教育理念？教室布置是作為評鑑的嗎？評鑑可以成為教育目的嗎？

這讓我想到二月到北海道參觀日本中小學校，小學的教室布置真是琳瑯滿目，四周張掛了小朋友與老師、小朋友與家長，甚至是小朋友與社區共同創作的教學單元作品。我們來訪的時候，學生樂於指出自己的作品所在，樂於說明這些作品的意義，以及完成作品所帶來的喜悅。我曾就教校長：「有沒有對教室布置作個評鑑？」校長很驚訝的說：「教室布置為什麼需要評鑑？教室不就是教師與學生的空間，教室裡的一切不就是希望看到孩子們如何快樂的學習，如何有自信的學習。」

我想教室布置就和閱讀是一樣的，應該是讓孩子自由、活潑、快樂的吸收知識的城堡。這樣就接近了「真正的祕密」的核心，你說呢！

3 鳥囀與閱讀

早上到學校，通過河床上的便道——便道意味著只要下個午後雷陣雨就會被沖垮的道路——學校坐落在河床邊的小平台，四周環繞著近山遠山裸露的黃流癤疤；佇立二樓走廊邊，清脆的鳥鳴彷彿在空幽的樹枝上拉著小步舞曲。於是我知道，災難總是與天然美景並轡前行，天地間總是美醜俱現！

我認識的許多人總是認為山上的小孩缺乏文化刺激與競爭，所以學科總是不如都市的孩子；表面上看來，這些論斷似乎很少破綻，在我與同事間的談話中，逐漸理解到孩子的學科成績未盡理想總是與字詞義的理解有關，孩子們的計算能力與平地學童相差無幾，但是敘述性問答與應用題總是因為對字詞的陌生、艱澀而無所適從；人文社會學科也經常遇到此類情況。

現在，我們讓孩子每天早晨朗讀十分鐘的早期庫存的兒童雜誌，然後要求對陌生的字詞進行字辭典查閱，接著我嘗試裝扮貧瘠的圖書室成為賞心悅目的閱讀空間，接著……接著……我們會將許多想法付諸實現，以便深入到閱讀的祕密，也方便讓更多人分享。明天，我希望聽見鳥囀與誦讀俱現……

4 說故事給孩子聽

每天早上我向學校爭取了二十分鐘導師晨間時間（07:50~08:15），我訂為「晨光閱讀」活動，每天安排不同的活動，包括讀報、共讀、說故事、好文欣賞、好書推薦。

昨天星期二，三到六年級的學生到圖書室（總共只有十位學生），我再一次嘗試著為一、二年級的小朋友閱讀童話故事，因為有了上週的經驗，說故事的時候，我把握三個原則：(1)動作可以誇張些。(2)保持幽默。(3)有時必須停下來回饋孩子的反應。果然奏效，孩子們都很高興的聽故事，有的還忍不住上台表演動作。

童話故事同樣留下開放性結局，然後請中年級用圖畫方式畫出結局，請高年級以接寫故事的方式寫下結局，我希望在週五可以收到他們的回應。

這座小小的圖書室空間是想像的基地、是讓夢想裝上翅膀的城堡，我不知道孩子們會飛到哪裡，但不用擔心，孩子只要開始飛行，總有一天，他們就會找到方向。

5 三人體育課

體育課在下午，學生已經期待良久，因為山區經常在午後下起雷陣雨，體育課經常就在轟隆隆的雷雨聲中泡湯，學生遺憾的眼神於是平添幾許的無辜與無奈。

午後時分天空無雨無雷聲，不論是遠山或是近山都發出異於往日的光芒。鐘聲剛起，學生已經拎著塑膠安全球棒和一顆粉紅色的綿球，我們決定在空曠的操場打棒球，夢想八年後進軍奧運。我們的投手有一位、打擊手一位、外野手一位，至於捕手呢，因為我們師生總共才三人，捕手只好就是跑道右側的一面牆腳了。

由於我腳程最快，通常被我的學生指定扮演外野手的角色，這可不是一件輕鬆的任務，一節課下來，我早已讓柔軟而機伶的棉球逗弄得大汗淋漓、兩腿發軟。看著學生滿足的笑容與快樂的奔馳吶喊聲，還有什麼比這種動感風景更讓人陶醉的呢！

三人體育課，這是我們師生三人共同建築的世紀體育競賽城堡，也讓我回到了幾乎消褪的童年的歡樂時光。

6 百分之十五的世界

上週接下學校輔導課，這是教育部為偏遠地區所謂「教育不利地區」進行的某種補救教學，說穿了，就是補習。因為在城鄉差距的事實底下，教育部門其實在這個政策下隱含了「補習的存在」，而且因為城市教育資源豐沛，小孩子參加各式各樣的補習機會遠比偏遠地區多太多了，所以為了調整差距，就要進行課後輔導。

我無意責難教育部門，因為在城鄉差距的現實底下，教育官僚恐怕也拿不出更好的辦法，只能是頭痛醫頭、腳痛醫腳，城鄉差距不僅僅是教育資源分配的問題，它其實反映了全球化世界的圖樣——百分之十五的世界——也就是說，大概只有十五%的人能進入並享有全球化最好的資源，三十五%的人口正奮力的朝向全球化的門檻，五十%的人口只能在貧窮、戰爭、邊陲的泥淖中仰望全球化的天堂。

輔導課，一般而言老師恐怕也無法進行什麼樣的補習，因為偏遠地區的學生普遍語文能力差，進而影響到其他的學科，因此輔導課只能輔導回家作業罷了，反過來說，只要是不在使用語文的學科，譬如：體育、音樂、藝術、舞蹈……山上的孩子就表現得好極了，它的結果是最終形成偏遠地區學生在藝能科獲得成就，藉助語文學習的人文、自然、數理等學科則形同放棄，但更糟糕的情形不是在小學階段，等到升上國中之後，大部分的學科成就必須仰賴紙筆的評鑑時，最終連在藝能科的成就也就在現實的語文評鑑裡粉碎殆盡。

我不願意再如此悲觀的想下去，於是從最基礎的語文能力開始加強。

7 查字典這門古老的技藝

上午課間活動，舉行「查字典」競賽。這在我們這座山村小學已經是古老的記憶了。我記得三十年前那個歌舞昇平但是貧瘠瘦弱的年代，三十幾位同學只有一個人有字典，每次遇到陌生的字詞，字典就像變魔術一般，注音啦、部首啦、字義和字詞統統跳了出來，那個人就是導師。大概就是這個原因，我們語文的學問是從來無法趕上老師的，因為老師才擁有神奇的字典。

三十年後，我們像流行到了極致就會自動復古一般的，重新撿拾字辭典，並且還要競賽了起來。其實同事們都很感慨，十年教改讓多元化、快樂學習（遊戲化）、資訊化……掩蓋了基本能力，但這是學生錯了嗎？是老師錯了嗎？學校錯了嗎？我想真正錯的，是這個社會快速流動到我們的孩子被養成了圖像式的、消費性的、快速瀏覽式的、反應回饋快的學習習慣，一種累積的、沉浸的、涵養的學習養成已經成為過時的調調。

看著學生在查字典，我突然感動莫名，因為這古老的技藝蘊含著文字歷久彌新的氣息與亙古傳續的文化氣味。我希望我的學生會喜歡，透過對陌生字詞的理解而感到學海之無涯。

8 山谷裡升起的霧靄

行經大橋往下望，這就是歷經「桃芝」、「七二」颱風之後的景象。山頂滾落的土石沖積到河谷、原有的橋墩斜埋在崩土裡、溪水以日常孱弱之姿安靜而緩慢的流動著、遠山是地震後透顯黃瘡的模樣，彷彿是，大自然在對每一位行經此地的人類發出某種幽隱的啟示，只是，人們的眼睛總是朝向利益的光芒奮進追索。

我還記得「桃芝」土石大流奔走的態勢，在那一個清晨，村人似乎接受某種約定，披著雨衣、張著被風吹歪的傘，在岸上張望著土石扭動大地之姿，先是逐漸漫高橋面，接著在河谷底處緊繃著一記鼓音，隨著「碇－碇－碇－」定音鼓似的鳴響，水泥橋面從中．摧．折．斷．裂．我感覺心臟也在那個瞬間緩慢而絕然的撕裂著。

在新橋，總是有舊橋的記憶渙漫升騰著，宛如山谷裡升起的霧靄。

9 可以躺著看書

來到山村的小學，通常我會先進到圖書室，並不是擔心什麼書籍會不見的，而是喜歡先享受著四窗緊掩時氤氳漫浥的書香氣息，那是帶著微微蒸騰的暖氣，你看不見，但你知道那是書的精靈在一方小室正盡情的嬉遊著，是精靈的汗水讓偌小的圖書室達到了溫暖的高度。然後，打開門，有些淘氣的感覺，精靈瞬息之間竄回書頁蟄伏著，接著打開四方窗，接受山谷風的洗禮。

我不知道我的學生是否也有這種感覺，但我知道他們最喜歡圖書室這角落，我有意在設計上騰出一方小空位，兩面是書牆，一端是牆壁，壁腳處擺上幾個家長贈送的枕頭，我曾試著躺下看書，感覺真是一件幸福的事。果然，小朋友通常喜歡占據這處可以躺著看書的角落，他們姿勢四異，但沉浸在想像、夢想或者什麼都不想之中的神情卻是如出一轍。

有什麼樣的圖書室可以讓我們自由自在，那就是最甜美的閱讀經驗了——我如是想像與實踐。

10 與土地親密的時光

我們起床、漱洗、吃早餐，接著穿上皮鞋、高跟鞋、名牌LV、運動鞋等等，出門踩著水泥或柏油地面，等車、上車，或許開車前往上班的地方，又是遇到磨石子光潔地面、些許微粒的黑色柏油或者是抹平的灰色水泥地，下班後又重蹈覆轍，我們的腳丫子被包裹在科技的、專業的、完美的文明新世界，阻絕了老祖宗傳下的密令——與泥土接觸的基因。我們的腳板看似完美無缺，卻內含蒼白、衰弱、害怕的，是一組如假包換的科學產物。

如果不是那麼同意這駭人的觀點，請你回憶一下，你的腳板接觸土地是什麼時候的事了？

因此，看到我的同事帶領孩子們在校園一角與泥土對話的情景時，我不免激動的按下「即可拍」黑色按鍵，讓我們藉由這張綠樹圍攏的圖像，記憶起我們曾經失去的某些耐人尋味的、與土地親密的時光。

後來這張樸實無華的蔬果種植照片張貼在圖書室裡供小朋友品頭論足，他們訝異的發現到，自己的腳，看來是比平日所見要來得更加荒野而有力。

11 山上的孩子

去年調分校，一所典型的微型小學，學生數勉強撐到十七名。下課十分鐘學生通常跑到操場大聲吶喊、嬉遊，把空曠的操場弄得很熱鬧，因為爭執時起，好勇之徒比比皆是。同事說，山上的孩子就是牛。

我是課任教師，上社會、自然、體健、綜合。學生朗讀課文詞句幾乎是「支離破碎」，詢問數學課如何？學生回答很難，難在哪裡？是演算嗎？學生回答：「都嘛看不懂題目。」同事苦笑著，山上的孩子程度就是低。

我卻認為山上的孩子就算是牛，也要做聰明的牛；老師只要認為孩子程度低，正好就是罵自己笨，只有笨老師才會教出笨學生。

我初步的診斷是讀寫能力未臻發展（請注意，不是「低」），於是用科任課程兼上語文養成，我讓學生遇到不懂的字、詞時別想假手老師，一律查字辭典，了解意思然後登錄在作業簿上，兩個月下來，學生登錄的字詞最高紀錄達二百四十個，學生認得字詞與意思，唸文句逐漸有了信心，課程於是可以進行到討論的地步。

社會課到了期中考查時我不進行紙筆測驗，我讓三位小朋友到圖書室、網路查閱資料，然後做成 PowerPoint。期中考察後兩週縣輔導團來考察，我請三位小朋友做學習簡報，輔導團很驚訝山上的小孩居然有能力熟用電腦媒體與口頭報告。

我的教學原理很簡單，讓學生快樂閱讀，引導閱讀、養成閱讀習慣。新的學年開始，早晨小朋友要朗讀喜歡的書籍十分鐘，我每週寫一篇半成品童話，然後說故事給小朋友聽，最後請孩子們寫結局，結果這些「山上的孩子」擁有豐富的思考、想像與創造力。

老師不是萬能，但是老師可以給孩子知識的翅膀，閱讀、討論、思考、創造就是知識的翅膀，足以讓孩子遨遊學海——這就是我在偏遠分校教學真正的祕密。

二〇〇六年五月二十七日

輯二　颱風的腳走上來了

・大自然的混沌是經過偽裝的秩序，藉著自然模式我們才可以找到隱藏在混沌底下的秩序，我喜歡稱這個秩序為「節奏」。

・死亡與新生只在零點一秒中決定，比數學計算還要快速，卻比文學敘述還要無情。

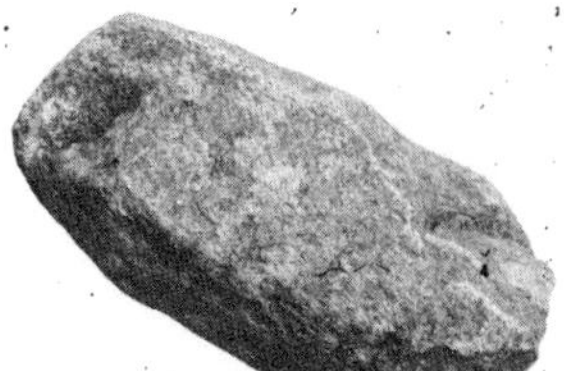

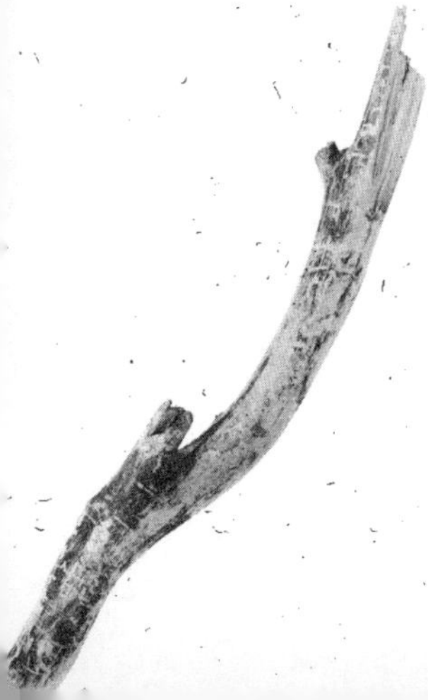

攜子入山

當春天像花粉散播在部落。小學放了學，我通常呼喚五年級的 Veisu（威曙），一起到林務局工作站後方山腰上的果園，那是 Yava（泰雅語，父親）在三十年前，向林務局申請林班地的斜坡墾地，我還記得雙親花了上帝創造世界的六個太陽，才將惡地形整理妥當。那一日陽光燦爛的童年，Yava 手指著巨木竄生的斜坡谷地說：「你看，我的手指向山上的地方都是我們的土地。」沒有錯，直到我長成大樹般的年齡，我才知道 Yava 每年必須繳交微薄的租金，至於祖父在日據時期留下的耕地，其實早已被國家拿來作為林務局工作站，每次經過工作站那些檜木搭建的藏青屋舍時，我彷彿都會聞到祖父悲戚的氣息。

我和 Veisu 往常都騎著深紅色 50cc 摩托車駛過部落，春天的氣息就會順著

Veisu 輕嫩的髮梢飄蕩過來，經過觀音溪，沿著溪谷往上游奔馳，經過一座部落的長度，溪右岸挺立幾幢木屋，據說那是鎮上有錢人搭建的度假屋，平常它們都寂寞地站在溪谷岸邊，等到週休二日時，城市的有錢人家就像蒼蠅般黏過來，人們穿戴淺藍色調的休閒服飾，在木屋的涼亭周圍烤肉，有時索性就到岸邊，一邊烤肉一邊釣魚，假日結束的傍晚時分，依照慣例留下巨大的垃圾與對著河谷的吆喝聲，彷彿他們剛剛完成了某種壯舉，或是征服什麼似地，我想起凱撒大帝的名言：「我來，我征服。」差不多就是這種情調！

Veisu 有一次問我：「爸，你不是說河川地保育嗎？為什麼他們可以蓋大房子？」身為 Veisu 的父親以及國小老師的我，只能對他說，多讀書有了知識，長大了也許你就知道了。關於台灣這個錢與權掌控社會的時態，我希望孩子在獲得知識之後，能夠發揮知識的力量。因此，我總是匆匆加緊油門，讓摩托車快速地駛離木屋區。

過了水泥路面，崎嶇不平的石子路轉個彎，就可以見到山腰上的果園，每次到了這裡，我都會興奮地對 Veisu 重複著：「你看，我們的山！」這情景，原來一直藏在我的記憶中；那是童年的我，每次對弟妹所說的話。我記得以前是用雙腿走上三公里之外的果園，沿路我們小孩可以隨意地順著季節摘野果子，特別是夏天的四季果是我們的最愛。可是現在的小孩，一雙小腿都已經不願走進山的身體，也無法辨認四時的昆蟲與花草，我特別惋惜的，是以往我們與山林互動的遊戲，現在已經都看不到了，因此，我每到這裡，走過一小段路就會停下，有時摘下小草葉嚼在嘴邊，有時翻找藏在葉背的昆蟲，每一次的探索都讓我回到童年時光的新奇與神祕。Veisu 總是大喊大叫地說，這是什麼，那是什麼！臉上煥發出奇異的光芒，我瞪著那圈擴散在樹叢間的光芒，覺得欣慰至極。

到了果園路口有一段步行的山路，短短的兩百公尺幾乎是我和 Veisu 學習的大操場。小獸的痕跡在雨後露出端倪，我們總是循線找到牠們的糞便，然後猜測是哪一種動物；有時卻不經意與攀爬樹林的台灣獼猴目光相對，僅僅是電光石火的一秒鐘，卻也讓人興奮莫名。沿路有些草藥，我們會試著搓揉在掌心，然後湊近鼻子聞聞，感覺山林的氣息游竄在身體裡面。到了果園工寮，通常我們會坐在屋簷下遠望山景，看迷濛的山霧催人下山。這樣我們就覺得滿足了，之後，當然就只剩下山的旅程了。

放學後，我喜歡攜子入山。

一九九九年八月

夏天的節奏

我記得童年的夏天，總是由竹林中發出竹雞的啼鳴開始了一日之始。通常這個時候陽光還躲在八雅鞍部山脈的背後，竹雞尖銳而清澈的鳴響從山坡處開始震動，像是觸發引信般的鼓譟了其他的竹雞，接著你就可以感受到山谷的擂動，猶如接力賽一般，一聲越過一聲，依次拔高，直到部落的早炊直線上揚，竹雞才漸次停息。

我深深迷戀著童年的夏日早晨，現在偶爾聽到，牠們已經不再清楚的劃分鳴響的時間了，有時是清晨、有時在午後，有一次我竟然在深夜聽到竹雞拔尖的聲音，在寂靜的夜晚聽起來竟然感覺淒厲、恐怖莫名。我推開門扉，夜空下的部落裡，路燈、卡拉ＯＫ、室外的霓虹燈正展示著文明的驕傲。有的時候你可以從酒酣耳熱的伴唱店裡，看見飲盡的空瓶摔落窗外的急躁弧線，它總是勾射出某些驚懼的氣息。

夏日的午後，我看著童年的我與同伴走過部落的石子路面，陽光總是將我們眼前的景象翻出灰黃的塵埃，通常我們的目的地是曲折的觀音溪，恆常是裸身躍入清涼的溪水裡，有時潛泳展現驚人的閉氣游到對岸，有時快速踢腿前進猶如山地魚，只要大夥採取仰式漂浮在水面，肯定是到了遊戲的尾巴，因為接下來山谷就要下起午後陣雨，陣雨過後溪水黃濁，接續就是大人提著釣魚器具的時光了。部落的節奏似乎就是應合著大自然的呼吸，我們也在這種呼吸中感應著身心的發展。越三十年的午後，孩童遛達在部落裡無所事事，特別是寒暑假中，他們總是專注在手掌的電動遊戲機，似乎對大自然的律動無所感應。

至於現在的部落一日，我們已經依賴刻度精準的時鐘大於自然的活動，吃飯、上班、打開電視、股市訊息、下午三點半、開會，最後是沉沉入睡。我經常注意部落的變貌，地貌的大改變包括水田地因為水道的沖毀成為旱耕地，大安溪架上百餘公尺的大橋用以連貫隔縣的白布帆客家村莊，山坡地換植檳榔樹，休閒度假屋林立部落周圍，觀音溪學著都市計畫也已經截彎取直，路邊多了巨型垃圾桶，地面卻也增多了棄擲的垃圾。其中最大的改變竟是難以預測的四季氣候，特別是夏日時光，雷陣雨早已不分午後，似乎隨著它的興致到處亂下，以往我們可以依賴 Vakan 樹的群葉轉紅預測大風雨的來臨，可現在山坡上的 Vakan 樹卻紛紅瀲灩的炸亮谷地，令人無從判析大自然的預示，當然也包括警示。

近日閱讀著《大自然的數學遊戲》一書，大自然的智慧如果比喻為一棵大樹，那歷史上科學研究的自然途徑，都是順著複雜性的這棵大樹不斷向下挖掘，沿著這條傳統路徑，我們學到很多關於大自然的知識，尤其是如何操控大自然為我們服務的知識；但是，我們再也無法見到巨大的單純性了，這正是「化約論者（reductionist）的噩夢」。換句話說，這給我們的教訓是：「即使掌握了所有的定律，也不一定足以了解一個系統的行為；定律與行為間的鴻溝，不一定總是找得到橋梁。」因為大自然的混沌是經過偽裝的秩序，藉著自然模式我們才可以找到隱藏在混沌底下的秩序。我喜歡稱這個秩序為「節奏」，正如當我們看不到長久以來的夏日的節奏，我們的環境就處於混沌，但大自然真的是混沌的嗎？不是，是人類自以為是的聰明才智讓自己混沌起來了。

一九九九年九月

閱讀自然的姿勢

前幾日，勉強自己來到小城購書。午後的雷陣雨並沒有給城市帶來幾許涼意，反而因為白日蓄積在柏油地面的溫度，使得雨後的城市空間蒸騰著熱氣。進入火車站前的書市，一本精裝套袋的自然圖書抓住了我的眼睛，封面一行朱紅字體鼓動著我的心跳——來自印地安大草原的動人詩篇——書名底下說明這是國際安徒生大獎得主 Robert Ingpen（羅伯英潘）的最新力作，封面浮印一張美洲原住民族人的臉龐，這薄薄不到百頁的書本，很快的讓我的口袋短少了二百二十元。回程的路上，我感覺騎乘的摩托車似乎長了翅膀，原來是我的胸前懷抱著《大地之翼》的書本；何況，我彷彿聽到美洲原住民對大地的呼喚。

神啊，請賜給我智慧，讓我能夠了解，你寫在每一片葉子和石頭中的真

理。——黃色酋長（Chlefyellow），拉可達族

大地的每一個部分都是神聖的……，每一片山坡，每一個村莊，每一畝草原，每一叢樹林，都烙印著我們的腳步。——西雅圖酋長（Chiefseattle），史闊密希族

聆聽！否則你的舌頭會讓你變成聽不到別人說話的聾子。——查拉幾族諺語

在部落清晨閱讀著以上的詩句，很快的，讓我想起暑假期間為布農族人伊斯瑪哈單．卜袞（林聖賢）《山棕月影》一書的評介。我說：「千百年來，台灣原住民各族就流傳著多樣而豐富的口傳神話，這些口傳神話是各族文化社會的重要內容，也可以說是最早的文學原型，口傳神話蘊涵著豐富活潑的文化創造面貌，深刻的反映了台灣原住民族的精神世界。」

可是，台灣原住民族的舌頭在近百年變異兩次以上，儘管在第四世界的殖民處境裡面，台灣原住民族享有超乎尋常的「安定」與「繁榮」，但這些逼近物欲的享受，卻也使台灣原住民失去「原色」……。這裡顯現的弔詭之處，正如我在清晨的部落透過文明便利的世界出版體系，閱讀到美洲原住民對大自然的甜美智慧；然而，我卻無能感知這些被收錄的「文本」其實是在遭受著「進步」、「文

明」的殖民體系壓迫後所殘留下來的形式，因為對於美洲白人而言，最好的「印地安人」是「死的印地安人」一樣，透過資本體系的蒐羅、整理、淬取精華、進入典範，美洲原住民的自然知識，就轉而成為白人中產階級知識體系的一環，而恰恰是這種知識體系之排除「美洲原住民現實的面貌」而展示其虛矯的溫情主義，一如牙買加．金凱德作家在小說《一個小地方》對曾經殖民他們的大英帝國所呈現的面貌——「於是，他們（殖民者）將所到之處都變成了英國，將所遇之人都變成了英國人」一般。美洲大地的「印地安人」被留存下來，被留存在一冊冊精裝而華美的「文本」裡。

我其實還是喜歡布農人伊斯馬哈單．卜衮透過實踐真實的生活而寫下的「諺語」，當他用布農精壯的腿肚刻印出以下的話語時，我知道閱讀的姿勢，正是讓舒服的跌在沙發的屁股移動到充滿山嵐的森林裡，讓雙腳滑出磨石子的地板來到微涼的地面，我喜歡這樣閱讀自然：

「若想要擁有獵場，就得自己找。」

「需像檜一般堅毅，筆直地聳立在山上。」

「去工作時，不可被太陽搶先到達，從田裡回來時，需被月亮迎面照到。」

一九九九年十月

出部落記

九月二十二日上午約九點，臨時作為緊急避難的國小操場剛剛結束了第二天的早餐，大家食用著前一晚地震過後向命運搶下來的剩餘物資，因此顯出劫後餘生以來至為滿足的神情。我記得前一天大家驚悸地準備著災難後的草率晚餐時，有人對著充斥調味料的各類速食麵發出這就是難民營所吃的食物這樣的言詞，一位老人家鄭重的說：「這樣，以後你們就不會再消遣電視機上的難民營了！」

我離開操場逕自來到已經殘破的老宅，因為我的母親正如部落裡的每個母親，他們都會尋到地震空餘的時間回到自家，期望還能在殘屋斷瓦中找到可以使用的東西，特別是壓在破碎屋瓦中的食物，我知道餘震將隨時來臨，而屋舍將再度玩笑似地趁機奪走人類的生命，我必須趕快到老家喚回我的母親不要再做無謂之爭，因為那將增加我們記憶裡的傷感。

我選擇部落的巷道前進，因為臨靠大安溪的主要交通道路已經出現微小的裂痕，另一方面是。我已經不願觸目我那逐漸崩塌的教師宿舍。到了老家，我懷疑眼前出現的景致應該是螢幕上的戰火剪輯某個片段，突然，一陣熟悉的晃動傳到敏銳的腳底，我驚呼的喊著：Yaya（母親）。幾乎在同一個時間，我的母親與掉落的屋瓦出現在咫尺之遙，母親驚疑的對我說：「我只想撿掉落的米粒。」我卻感覺到了死亡與新生擦身而過的驚奇。

我們一同回到操場時，道路的裂痕又擴寬了幾公分，假如這道裂痕垮到了大安溪底，可以想像得出，國小以及操場也將在下一次的餘震中崩塌。離地震已經三十個小時了，原來族人殷殷期待的救援也落空了，只能無助的對著接續而來的地震發著悶氣，但我們都沒有勇氣發脾氣，深怕地魔聽到將再次吞吐牠的巨舌。從前一晚族人以發電機發電來觀看電視螢幕，我們知道整個災情嚴重至極，但是山區部落的災變在通訊完全中斷的情形下外界不得而知，宛如一座座失散的小島嶼。我因此與學校的主任、部落長老衡量飲食、食用水、衛生等都在極度不利的狀況（已經無法再撐一天）決定外出求援，而救援的唯一通道就是必須越過河水尚未暴漲的白布帆直抵卓蘭鎮。

我與表弟騎著摩托車先來到崩塌的北面道路，亂石與黃泥顯然都在等待下一次的餘震，快速的通過之後竟看到大安溪的溪水開始流瀉著黑黃色的流水，表示上游正下著大雨，這正是我們最不願意遇到的情況，因而加緊速度越離隆起或凹下的路面是我們唯一的做法，到達內灣，果然有黑水等待著我們的來臨，下定了決心，摩托車奮勇的闖越黑水，我回頭望著部落黃澄澄的山壁，它們似乎發出崩塌的歡宴，每一陣落石，都正確無誤的撞毀我的心坎，我對著自己說，這是我的部落，是我祖父的祖父的部落，我要讓它的呼痛聲傳出去，我要讓外界的人們知道受困的山區需要緊急的物資援救。崩塌的部落需要規劃緊急的臨時避難處所，我要我的族人都平安，我知道每一個人都希望他的家人、族人都安全，就是這麼微小的願望支持著往前衝的力量。

越過內灣急水，卓蘭鎮就在眼前，我如此倉皇的奔離部落，因為，離開是為了再一次的回來！

一九九九年九月二十五日

一九九九世紀末震魔錄

——一個山區部落的地震二一日記

九月二十日 24：00　社會課與穿山甲

結束了一天的課程之後，我交代學生（六年級）記得要將社會科分組閱讀資料讀完，到了週五的社會課，我們才可以進行國家導覽的報告，我的八位學生分成兩組，一組選了日本、一組選美國，我期待學生能透過這個活動完成資料蒐集、整理、分析與消化的可能性，它一方面可以跳離現有教材逐頁授課的單向化，另方面給予學生活潑的思考；我還計畫這個學年與學生一同完成校園昆蟲記錄，除了是作為學生對學校的畢業禮物，也可以加深現有鄉土教材的深度與廣度。放學後，我再次確認接續的教學課程，Veisu（我的大兒子威曙）刻正在桌椅上溫習課文，他已經養成很好的閱讀習慣，而且，週四我將帶著他與其他的三名學生參加國語文競賽，心下也有些自得。

傍晚六點鐘，整個部落洋溢著溫馨的氣息，前一天花蓮小舅才帶著教徒送的米糧與山肉來到部落與親族共享，幾個表哥表弟與親戚的笑語似乎還延續到今日。走到中部落表哥家，幾個年輕的族人正在笑談著，有人說到釣魚回來時，在通往烏石坑的道路上發現了找不到家的 A-ugun（穿山甲），覺得這些動物愚笨到了極點，我其實喜歡這種部落族人嬉鬧消遣的話題，它讓辛苦工作之餘化解了肉體上的疲累。回到靠臨斷崖的學校宿舍（宿舍離斷崖約有二十公尺長），雞寮裡的雞群不尋常的啼叫著，牠們有時會在凌晨四點鐘啼鳴，我因此慣稱這些雞群叫「昏雞」，意思是牠們很少盡忠職守。

晚上十點起，我開始著手整理已經迫在眉睫的「泰雅族史」的整理工作，但是小女兒 Lidug（麗度兒）一直都睡不著，一二十分鐘總要從前房的臥鋪來到我工作室的腿上騷擾我，我半帶威嚇半帶溫柔的警告女兒假如再不睡覺，明天叫不起來我也不要叫她去上學，她總是悻悻然的離去又神出鬼沒的騷擾著我。

午夜十二點，女兒終於睡著了，她睡在臥鋪靠牆的角落裡，慣常的將棉被踢出身體外面。我在電腦桌上望著窗外，漆黑的夜空一點也沒有顯出任何不祥的徵兆，我快速的敲下鍵盤，希望五個工作天可以完成這個延宕多時的工作。

九月二十一日 1:47　與厄運一同等待黎明

凌晨一點鐘，女兒又睡眼惺忪的爬起來，她一臉的驚懼讓我莫名所以，但我很快地又安撫女兒睡覺去了，但又輕易的感覺因為自己夜晚的工作讓女兒獨自睡覺而不忍起來。

一點四十七分，先是輕微的晃動，我輕笑著這是尋常的地震，三秒鐘後，左右搖晃的幅度開始劇烈起來，我的手指也無法準確地按在鍵盤的位置上，日光燈影開始閃爍，書架左右震盪，我知道這已經不是尋常的地震，腦袋一閃過女兒的睡臉，我馬上就從座椅上彈跳而出直奔前房，接著就是一片的漆黑，是天地驟滅的漆黑著，隨著我跑步到前房的二秒鐘，我身後的家具與牆壁也隨之傾倒，彷彿空氣中有數十隻無形的手在無情地撥弄著。到了臥鋪，喚醒熟睡中的女兒，臥鋪上的磚石此時卻要敲擊女兒的頭部、手上、背後，如此不設防的天搖地動委實令人心驚膽跳，我感覺已經不能從前門而出，一念之間就用多餘的雙腿蹬踢窗戶，抱著女兒越窗而下時，我聽見了地底發出重低音綿長的哭泣聲，如此撼動人心，如此動搖心魄。來到搖晃中的學校前庭，我只能無助地安慰著女兒說：「爸爸抱著你，不用怕！」可是我的聲音卻被周圍倒塌的聲音掩蓋住，沉悶而劇烈的山石崩塌此起彼落的圍繞在耳朵的周圍，接著是四散的人群狂嚎的奔向馬路，在墨黑的午夜時分充溢著鬼魅的氣息，而那氣息正逐漸擴散開來，正如黑夜中沉默地張開牙齒的獸。

「趕快到學校來，趕快到學校——」學校的警衛抱著小女生 Angu（安古），大聲的對著從屋外奔出的族人召喚著。國小廣場漸漸圍攏了驚悸的族人，校長僅著內衣褲跑出來，學校單身宿舍幾個外地老師也跑到了較為空曠的前庭，深受學生喜愛的金庫老師說宿舍後方的停車棚已經掉落溪谷，停放的四部自用小客車也已經轟隆隆的掉了下去，換句話說，部落靠斷崖的部分已經被震垮了兩公尺左右，新來的太魯閣族女老師一派的樂觀，她的車子最舊，所以隨口就說她只掉了五千元卻撿回了一條命也算值得。這時候，地底下的哀鳴又傳了上來，一陣輕微的地動又讓驚魂未定的人碎了一塊膽，六十幾歲的 Yada（泛稱女性長輩）就著抖動的地面直呼：「Daban，Daban！」意思是要地震安下心來，這是古老的傳統習俗，但地底裡的神魔似乎一點也聽不見，總要間斷個幾分鐘就來一次抖動。

在昏天暗地裡，族人依賴著受到驚嚇的氣息聚集在一起。相遇的每個人的第一句話就是：「感謝上天，你還活著。」大家談論著這個地震到底是怎麼一回事，一點徵兆都沒有，就像是魔鬼的行徑。有人說生平沒遇過這麼大的地震，假如我們這裡不是震央的話，其他的地方恐怕就更嚴重了，不料在後來的二十四小時內，這句無心之語果然無誤地印證了。

派出所主管握著手電筒來到校門口，先是職業性的詢問有無受傷的人，接著一位警員匆匆跑下來，說是警員宿舍倒塌，壓傷一位同僚。幾個年輕人自願擔任援救的工作，一下子就來到倒塌的宿舍展開救援。位在上部落的四鄰族人也來到廣場尋求援助，一位外省老人被壓在屋內，有人趕緊尋到鏈鋸前往救助。在眾人都還披覆著一層心驚的情緒時，村幹事與幾位中年的菁英決定的第一件事是先逐戶搜查確定各鄰人員是否安全逃離家屋，於是很快地分配了工作區域，我因為是學校教師，被要求維護廣場秩序與學童安全，以確認孩童安全為優先的項目。廣場上的婦女緊緊抱著自己的小孩，小孩都有童稚天真的面容，也都容納了驚恐莫名的表情，學校的張主任對著小朋友堅定的說著遇到地震先要靜下來，其實張主任在地震的同時曾經無措地哭喊了起來，他對我說：「我現在才知道，我是個膽小的人。」我知道這是個真實而無情的告白。這時的人群席地而坐只敢靜靜說著話，好像多一個分貝都會吵醒蠕動的地魔，而地魔就會再一次折磨著地上的人們。漸漸平復的心情隨著時間的滴答而下降，偶爾一次小小的有感地震都讓心臟的血液快速地爬升到腦部，看起來，餘震就像是逗弄著心臟的恐怖人偶，它是如此樂此不疲地戲弄著貼地的人群。

學校的老主任騎著摩托車從下部落上來，找到了警衛 Bilu（比魯，她是接替爸爸的工作，因為父親在前一個月工作摔傷了背脊，目前正躺在加護病房），匆匆的說：「趕快下去，恐怕不行了！」接著就聽到 Bilu 失聲的坐著摩托車下去，我抱著她的姪女 Angu 也是三年級的學生到人群中，安慰著說先跟姊姊玩，阿姨馬上就上來。事實上是第一件噩耗傳了上來，一家三條人命被傾壓在厚重的牆壁裡，一個是 Angu 的祖母，兩個是讀國中的親姊姊與堂姊，看著 Angu 清秀的面容，我對她說了謊話，因為心痛與不忍。

隨著部落傳出的噩耗，我們與這個墨黑的厄運一同等待黎明。

九月二十一日 6:00~18:00　殘缺的部落

黎明即起，族人其實不敢入睡。

曾經在鄉公所擔任社會課職務的學校幹事與村幹事很快地將年輕人編隊，一組先進行對外交通的搶修，一組進行屋舍搜查與人員搶救，婦女組則準備埋鍋造飯。我趁著這個空檔來到校門口，第一個怵目驚心的景象是老練商店三樓建築物變成了二樓，商店的女主人無言的目視著被地底吃下一層的建築物，不可置信的表情與哀怨的神情交融並置；學校宿舍後方的園子也已經空曠無比，原來的大樹都掉到崖壁下方，順著道路往下部落走，這座長形的部落已經有了明顯的殘缺。沿著西面大安溪谷的地方少則二公尺多則五公尺，就像地魔手拿一把利劍南北縱向的被割除掉了，中部落的天主教堂摔落溪谷，顯然瑪莉亞的母愛也無法保護教堂。到了下部落，地基裂出了東西向約二十公尺的痕跡，底下的觀音溪卻因為走山而隆起或凹下，就像美勞課的學生用黏土隨意的擠壓一般，但這回的作者並不是學生，而是看不清面目的地震。

沿路留在空地的族人慢慢的移動到學校，我也見到了移動中的我的家人，於是一幕幕劫後餘生的螢幕情景就公開上映，似乎說明了愈荒謬的情節愈貼近真實的人生。

走回到學校操場，部落東面的山勢坍成十幾落黃色土方，這正是地震之後四周響起的土石滾落聲，黃色的棄土張牙舞爪的掛滿山壁，牠們像是正在進行著新中橫的造路工程。

學校前庭的族人目睹殘破的家屋，漸漸的轉移到了操場。趁著安靜的大地，族人回到傾倒的屋內尋找可以進食的東西，但是輕微的震動，總是讓部落的每一處家屋發出桀桀的聲音驚嚇入屋的族人。

中午時分，大家模仿電視上難民營的克難方式在操場周邊建立了根據地，那是帆布與殘存的布帛搭建的臨時棲所，吃著泡麵時有人信誓旦旦的說這就是難民營的生活方式，好像他以前經歷過南斯拉夫流亡失所的歲月，老人家則富含智慧的說出：「以後看到電視上的難民景象你就不要笑，因為我們現在就是真實的難民。」

搶修組開通北面通道之後，趕快後送幾個傷重的族人到卓蘭鎮上，回程時落石再一次的戲弄族人的體力。午後閒閒無事，國中生與小孩在籃球場上操弄一顆乾癟的籃球，有時候籃球滾到正在午寐的大人，腳一踢，乾癟的籃球又回到孩子的手中，這樣無聊的把戲進行了數次，但這總是小孩唯一的把戲了！

整座操場放眼望去，散亂的棚架、低語的人群與晴朗的天空交織在音訊斷絕的一九九九年來看，荒謬的情景再一次提醒我們：荒謬的本質是一連串悲劇的組合。

九月二十一日 18:00　入夜，煉獄與你同在

黃昏掩來，黑夜就要來臨。

帳幕已經在操場四周撐起，躺臥的姿勢是適合聊天的，明天？心血？未來？這些都已經不是主題，談話的內容先是逃生的驚險歷程，哭喊自由的版本移到現實的部落，震碎的家也隨同震碎了明天，對遠方異地親人的思念也僅能求助於靜靜的默禱，天色如此黑暗，明亮的只是幾盞明滅不一的手電筒。

藍家的帳棚牽起電動馬達，管線拉出一條白晶晶的燈泡，像蟲子被日光吸引般也吸引了人群，他們搬來一台電視機，接上簡易天線與插頭，神奇的使墨色的螢幕發出了亮光，「九二一集集大地震」的標題觸動了族人的眼睛，埔里、集集、草屯、大坑、新社、東勢這條車籠埔斷層都出現了嚴重的災情，大樓倒塌、下陷、土石流、活埋、呼救、殘垣與斷壁，死亡與新生只在零點一秒中決定，比數學計算還要快速，卻比文學敘述還要無情。

不到一個小時的播映，我們好像環遊了世界災難剪輯大全，還好只是不到一小時的時間，電動機已經用完了油料，螢幕歸趨無生命的墨色，日光燈熄滅了眼睛，大地又呈現一片靜寂，那是隱含著恐怖與未知的靜寂，有感地震不斷的提醒族人的處境。

小孩在入睡之後頻頻發出「危險」、「地震」、「媽媽」、「跑」……等等睡夢中的字眼，我們將夢想期待在下一代，但我們的孩子卻必須在噩夢中成長，這樣的夢想誰也沒有把握擁有明天！

睡吧！孩子。睡吧！

我輕輕地撫著小女兒，心裡哭喊著：「讓煉獄與我同在！」

九月二十二日 8:00　出部落

又是黎明，但學校的飲用水已經不夠支持這一天，能吃的食物也將告罄，通訊的中斷更無法讓外界知悉山區部落的消息。

幾個老婦人來到山腳下採摘野菜，不料發現南北向的裂痕，她們即匆匆的回到了操場傳述所見，但已經沒有人願意聽到不幸的消息。老婦人只能隱忍驚恐的情緒，但只要地動來襲，老婦人總是聚到操場中央哭泣著，像預見了災難。

約莫九點，大地又開始晃動，我又聽到了地底下的悲鳴，牠們不知道從哪裡發出聲音，卻總是準確地傳到我的心坎。轟隆的山石墜下，西側的山壁又刮掉半尺，人群高呼到操場中央，媽媽急著找尋離開視線的孩子，感覺這座高出大安溪七十公尺的台地就要摔落溪谷的樣子。搖晃停止之後，我困難的來到校門口，馬路上的水溝也裂出了南北向長達百公尺的裂痕，這時候下部落的人群趕著搬運車上來了，原來南向的下部落有一半也開始下陷了，他們已經沒有信心留守，這樣的情景委實令人不安。與中青代的族人商量，決定出部落求援。

表弟吳道文騎著改裝過的小綿羊機車，我們一同往北面通道闖出去，來到落差半尺的白布帆大橋，橋面下的大安溪卻暴漲起了大雨過後才有的黑水，從卓蘭鎮越溪而過的人說前方內灣處已有積水，我們只好加足馬力，希望在還能通過前越過。回頭望著高舉出溪面的部落，整個山壁已經是黃濁泥土般的潑墨大壁畫，我深怕我的部落墜入溪谷！

抵卓蘭鎮公所報訊，我們卻被推到警察局，因為卓蘭鎮是苗栗縣，管不了我們屬台中縣的雙崎部落。藉由警察通報系統，我們的訊息傳到了台中縣，但我知道這樣是不足的，因此又從小路直奔台中市的台灣日報，那裡有我的朋友，至少他們吃過我美味的烤肉，何況藉由媒體的力量可以獲得重視，果然，媒體對「逃出災難現場」表達了關切的舉動，採訪、電話連線、追蹤報導一直到報社發稿前都在進行，我表達了山區部落音訊全無的處境，一定要設法取得聯繫，對於部落地基穩固的受困居民首要補給飲水與食物，部落地基有滑落之虞的受災居民應設法遷移到安全的臨時所安置。在報社朋友的協助之下，慈濟台中分會發出一批物資車前往部落，才暫時放心。下午四點，家人也來到了報社，我打算將他們安置在小弟頭份家，但是我的父親卻不願離開部落，這是老人家對土地所表達的戀慕情懷。十一點小弟趕到報社，接回家人到頭份，臨走時對著我說：「如果部落沒了，以後我們到哪裡找故鄉？」這是個無解的答案，我只能心虛的說：活著，才有故鄉！

在報社五樓遲遲無法入睡，感覺五樓是虛浮著的。明天我將回到部落，那裡有我的記憶、我的故鄉、我的族人與我的不願撤退的父親，這一切還只是開始，但我們到底在對抗什麼？

一隻無形的魔盤據著土地，這是千禧年致贈的見面禮——一九九九世紀末震魔。

一九九九年十月二～四日

懸崖邊的野地

威海小兒野放累盡返回組合屋時，手指頭遙指著一條虛擬的線條說：「我們的家已經變成公園了！」

「我們的家」是威海記憶裡的學校日式宿舍，沿著路邊石階下落，左側一株曇花樹，曇花曾經開出朵大的白花，據稱佐以冰糖熬煮冰鎮味道相當迷人，我不曾試過，何況它已經美人般殞落。宿舍計四塊隔間，三塊空間擺放沉重的書籍，一家人於是侷促的活著，日後新闢一座鐵皮屋權充工作室與廚房，整座屋宇的左邊是菜園與李子果園，紅露李與黃露李結果的季節，果肉的香味吸引了遊蕩在山崖邊的潑猴，經常趁人類上學的時節偷偷摘取，好像牠們也來果園上課一般。鐵皮屋的後背空間是我招待親朋好友的烤肉區，我其實最喜歡在接近傍晚的放學時刻坐臥在此處，手上也許是一本切．格瓦拉的《摩托車日記》的薄薄書冊，在你想像著游擊戰士切．格瓦拉返回委內瑞拉的叢林裡也是閱讀著聶魯達詩集的同時，幾片直升機螺旋槳般的李花墜落下來，你覺得日子是可以這樣簡單而富足的生活著。可是我兒威海那一條虛擬的線條說明了這一座簡單而富足的生活空間在剎那間消失殆盡，只留下斑駁著晃動的光影供記憶艱困的倒帶，而我們僅只是時間蹩腳的放映師。

順著部落那條筆直的康莊大道而下，左手邊是錯亂林立的房舍，右手邊先是記憶中的宿舍而今規劃成幼稚園孩童的木馬遊樂區，三匹木馬已經讓孩童折磨得很疲倦了，菜園的方向鋪著菱形地磚，已經不是飛越籬笆的無懼的雞隻而是更為巨大壯觀的鐵網圍成的籃球場，緊接著是尚未遷移的世界展望會兩棟組合屋有如雙胞胎，在整座長條狀的休閒公園裡它們還不是最為錯愕的景象，那應該是下一座廢棄的組合屋，今年寒冬過年前為火舌舔噬殆盡，只留下餘灰殘跡印證黑夜魅影之火如何凌虐孤苦的家庭。爾後是賞心悅目的步道區，挑高透空的視野可以讓眼睛延伸到卓蘭鎮，天氣好的時候，鐵砧山像一粒啤酒瓶蓋。地震後墜落河谷的天主教堂已經換置成整齊劃一的停車場，自然現在也聽不到週日禮拜鐘聲，好像天使的翅膀也隨著大安溪奔流到海不復還。視線抵達消失的教堂後，我通常就要放慢腳步，因為規劃的帶狀公園至此戛然而止，我的視線像溫柔的羽翼滑了過去，這是一塊讓遊客感覺莫名所以的野地，也是我地震前一個月付清尾款購得的聖母瑪麗亞保佑的土地，它現在看起來已經像是歷經「十誡」之後的畸零迦南地，這塊土地與天主教堂一同墜落河谷，只留下一十幾坪箭頭一般的形狀，似乎是瞄準了我的心臟發射。我曾經戲謔的對著友人說要到城市購買H鋼管將散落的土塊撐架起來，然後跳著猛男鋼管舞募錢重建，但你知道的，這只是充滿悲憐之情的黑色幽默獨幕劇。

一九九四年從豐原衛星城市返回部落任教，有一個催促的力量其實是來自於全球性的「國際原住民年」，那個時候，散落在台灣各地的原住民小知識分子受到了感染，我也躬逢其盛，在往來於首善之都與衛星城市寓室之間，衝折於原住民運動與知識良心之間，我和我們的原住民朋友企圖以實踐的力度「重返部落」，這一塊「懸崖邊的野地」就成為個人實踐的夢土——一座人民理想的圖書館，一座解殖民的知識基地，一座族人與全球的互聯網絡。每次有外地的朋友來到部落，我總是先將他們帶到昔日理蕃道路的制高點，將部落放大到眼睛清晰的辨認巷道的程度，然後在觀音溪谷上方的空氣裡也是用熱情的手指頭描繪著理想的藍圖——族人穿梭在知識的城堡；廓清舊有而荒廢的環山水道，讓流水貫穿一座小而美的部落；可以看到菱形織布張掛成窗簾……

「九二一」第二日，父親不管還在震動的地殼仍舊越過凹凸斷續的林道前往果園勘查，那是一處父親自林務局租用的山坡地，記得還是五、六歲白馬般的年齡，墾荒整地初初播種的春天時節，就在以幾根木頭撐起的簡陋工寮外，父親指著坡地而上說：「這是我們的土地！」我們的土地即便在當時充滿著盤根錯節的高大樹叢、四腳無腳爬蟲鑽動不息、更不要提山豬猴群爭搶根莖果實，父親的確以這座惡地形般的土地供養一家人。這土地充滿著惡鬥、艱苦、勞力與智慧雜揉的歷史，於是當父親眼見曾經如巨人般的果園殘破成被肢解般的屍塊，一時間僅能愕然哭坐地上一日，父親日後述說那一段經歷時，在我腦海的影像放映著一位老人的哭山之旅。

隔年桃芝颱風又挑上地震前不斷參加文學獎獲致的獎金為父親購買的屬於自己的土地（父親自幼即是孤兒，退伍成人之後從來沒有自己的土地），父親在部落東北角山腳下的土地闢成大家都流行的甜柿園，首度面臨收成的這一年父親顯得既緊張又興奮，那天早晨天露濛雨，父親已到甜柿園耕種打算施肥，但是天不從人願，濛濛的雨抹在臉上逐漸轉換成老天的鞭子，於是返回工寮思索未來之日，有一顆小石頭不合時宜的驚動了父親的想像，父親走出工寮，在雨鞭裡辨識小石頭的出處，「這座山為什麼像是在走路？」父親在組合屋進行口述歷史時發出了疑問。果然這座山不只是在走路，還走得很急躁；等到第二批山石滾落下來，父親絕望的退到小山頂，這回不是哭山，父親說：「比大螢幕身歷聲電影還要精采感人動人心魄哩！」觀賞一個下午的土石流，最後父親的結論是：以後可以不用再做山了。

我想我的父親與花了一世在土地上奮鬥的族人一般，他們首次驚異於土地的不可信賴，地會動，山會走，土石也可以是流水，那還有什麼是不可能的呢？為什麼要窮盡一輩子的力量與不可知的世界搏鬥呢？我的母親卻沒有這麼多不安的想像，就在帶狀公園的尾端那一處地震垮落的「懸崖邊的土地」，也不見母親有任何欲望的隨心所意似地播種些什麼，雜草與蔬果同歡，樹豆與灌木互有領域，有時候是幾隻精銳的雞覓啄昆蟲，我問母親這塊地打算種些什麼？母親說：「土地太累了，讓它休息，不要打擾它，有一天，土地就會邀請你進來。」

也許有一天我兒威海會說：「我們的家已經變成野地了！」這有何不可，這表示土地願意邀請我們住進去了，不是嗎？

二〇〇三年九月

七二大流・偶發記載

二〇〇四年七月二日

1

前往新社國小之字道路上，休旅車木質色廣播器嬌嫩的女音不無驚訝的說出：台中地區發出高熱焚風，台中市氣溫高達 39.8℃。正是此時，敏督利輕颱緩慢劃過台灣東北角，它準備襲往日本，或許吧！

2

中央道路左拐，美輪美奐，新社國小，九二一地震後重建，堅持留下近百年鳳凰老樹，新建築中鑲嵌一枚老記憶。再遠一點是陸軍十軍團，地震後曾攜族人安置（接近逃難）於此，我記得影歌星歡唱、招待觀賞職棒比賽、殺豬、摸彩（是些什麼獎品？）、加菜、唱卡拉ＯＫ……據稱這些是心靈重建。後來，我不曾再到十軍團。

3

吳君是退休檢察官，乾淨、誠懇，直拍打法（乒乓球），我先贏下兩局，三局讓他贏得很辛苦，四五局我假裝失去信心、體力放盡（我年輕他一輪有餘）？吳君彬彬有禮地說承讓了，難掩高興的回家，似乎想起什麼，回過頭，謹慎地說：「車要慢點開，山路啊！」

4

中年人曾君是我師專學長，現在是教練（叫人家來練球），我汗水淋漓的坐在台階上，學長酒氣沖天的說：「半年後再和你打球。」一週前東勢鎮長杯桌賽學長信誓旦旦說半月後見真章。識時務或者是計畫性鍛鍊（球技）？人心深不可測，天空也是一樣，黑雲收盡了月娘的光彩，隱匿的風揚起了號角。

5

回程路上，雨點降臨。雨刷有時不聽使喚，東勢鎮夜景燈火頓時迷離錯綜，窗玻璃前的柏油道路流動似條河流。不無驚險的回到部落，電視螢幕播報：請注意西南環流。

6

雨點打在鐵皮屋頂上，子彈噠噠噠，屋頂下是隔出的書房，一木桌，與妻對話需大聲，然後吼叫，最終是吶喊。夜雨如戰場。

7

停電。緊急尋找蠟燭，三五支，紅色的淚痕燒燙，夜讀祕魯小說家馬里奧・

巴爾加斯．尤薩[1]長篇小說《酒吧長談》，開卷語：既然小說被認為是一個民族的祕史，那麼，要成為真正的小說家，就必須對社會生活進行調查。——語出巴爾札克：《夫妻糾紛》。

8

停電，接著是斷水，交通中斷。情形超過兩天，就要迎接厄運。山村部落的生活邏輯，我應該告訴巴爾札克，我們就在社會生活之中，何需調查？只好睡覺。

我妻稱：眠夢。

二〇〇四年七月三日

1

雷光在夏季的山夜閃現，雷光夏因此就介於後現代另類歌手與當代泰雅部落傾盆大雨的魔幻現實場域——夢中所見。

舒讀網「碼」上看

廣　告　回　信
板橋郵局登記證
板橋廣字第83號
免　貼　郵　票

235-53

新北市中和區建一路249號8樓

印刻文學生活雜誌出版有限公司　收

讀者服務部

姓名：＿＿＿＿＿＿＿＿ 性別：□男　□女

郵遞區號：＿＿＿＿＿＿＿＿

地址：＿＿＿＿＿＿＿＿

電話：（日）＿＿＿＿＿＿＿＿（夜）＿＿＿＿＿＿＿＿

傳真：＿＿＿＿＿＿＿＿

e-mail：＿＿＿＿＿＿＿＿

INK

INK PUBLISHING

讀者服務卡

您買的書是：______________________________

生日：　　年　　月　　日

學歷：□國中　□高中　□大專　□研究所（含以上）

職業：□學生　□軍警公教　□服務業

□工　□商　□大衆傳播

□SOHO族　□學生　□其他 ______________

購書方式：□門市 _____ 書店　□網路書店　□親友贈送　□其他 _____

購書原因：□題材吸引　□價格實在　□力挺作者　□設計新穎

□就愛印刻　□其他 ______________（可複選）

購買日期：_______年_______月_______日

你從哪裡得知本書：□書店　□報紙　□雜誌　□網路　□親友介紹

□DM傳單　□廣播　□電視　□其他

你對本書的評價：（請填代號　1.非常滿意　2.滿意　3.普通　4.不滿意）

書名_____　內容_____　封面設計_____　版面設計_____

讀完本書後您覺得：

1.□非常喜歡　2.□喜歡　3.□普通　4.□不喜歡　5.□非常不喜歡

您對於本書建議：

感謝您的惠顧，為了提供更好的服務，請填妥各欄資料，將讀者服務卡直接寄回或傳真本社，我們將隨時提供最新的出版、活動等相關訊息。

讀者服務專線：（02）2228-1626　讀者傳真專線：（02）2228-1598

2

清晨廣場上，憤怒的雨聲（接近瘋狂的臨界點）挾帶千軍萬馬的聲息睥睨天地的勢頭，自東、自西、自南、自北，上天下地齊湧向我臨時租借的屋宇。小孩五、六人被逼退在屋內，幾分鐘之後，我想他們應該全都驚醒了——張大著嘴巴，瞪亮著眼珠子——屋外雨勢如獸。

3

停水了（不是自來水系統，是都市罕見的「簡易自來水」），預告聯外道路就要中斷。中午，接雨水煮中餐，愈是逼近困頓的中心，愈能感受到雨水是上天降下的慈悲淚水。

4

雨稍停，部落族人紛紛走出屋外（像諾亞方舟停在偶然的孤島般）走向爛泥

---

1 Jorge Mario Pedro Vargas Llosa（1936-），祕魯作家、詩人，二〇一〇年獲諾貝爾文學獎。著有《天堂在另一個街角》、《城市與狗》等書。

燦爛的柏油路面，看著大安溪暴漲的黑河，凹翹的河岸與沙洲堆積著上游跌盪的漂流木，於是，又向遙遠的海面追索縹緲的希望般——走進自己的方舟。

5

點燭（天色不因為時光而暗沉）閱讀《酒吧長談》。女大學生阿伊達在討論教育與社會體制時說：「要想徹底根治各種弊端，改革是不行的，要進行革命。」主人翁聖地亞哥回憶著這段前塵往事，發現自己竟沉浸在男女情欲的忌妒之中而不無悔恨的自我批評：典型的資產階級。上次也是閱讀南美作家伊莎貝拉·阿言德《精靈之屋》時，正巧逢上桃芝中颱肆虐，道路中斷、停水、停電，宛如死守孤島。

6

屋外廣場西側是道路，再西是百丈懸崖，T型排水溝大水將柏油道路沖刷出一道つ型缺口，如果你坐在救援直升機往下觀看，肯定會看見一枚釘在大地上的「？」號。

7

觀音橋頭，（房屋傾頹、泥濘上牆、河水、卡拉ＯＫ、一座夜晚的）屋主，一位面目黧黑，兩手抱胸，近乎溫馴的眼神，望著不可思議的、奔騰歡恣的黑水，突然（面無表情），看見了四十二歲的淚痕轉頭望著呆滯的妻（是誰？驚嚇了她）。他是我國小同學。

8

我兒威海站在大雨（大水、大雷、大石）洗過的濕濡、曲折、呈現大自然氣息構圖的產業道路，再一次露出大地收回人工巧弄的那種童騃的神情。

9

我們似乎又回到了蠻荒的年代，在微弱、飄盪的蠟燭火光閱讀前行代人類文明所遺留的斷簡殘篇，彷彿是。

10

年輕的尤薩獲得馬德里攻讀博士學位獎學金正準備前往歐洲之前，有個機緣來到了亞馬遜河上游上馬獵尼昂河的阿瓜魯納人和汪華薩人的原住民部落，這一次難忘的內地旅行經歷讓祕魯小說家尤薩認識到：「我國最美好的事物並不在利馬，而是在內地，在沙漠中，在安第斯山，在森林地帶。」

11

住院的父親與照顧父親的母親來電（電話系統奇蹟似的存活），部落好嗎？孩子好嗎？沒什麼事吧？東勢好慘啊！還有，香川（擁有美麗的地名）啊，電視上播出土石流沖走一家人，一個老太婆和兩個小孩。我知道其中一名小孩叫江致陞，妻任教的達觀國小二年級生，曾畫張帶有貓、山林、小路、巨石、站牌的「神祕地圖」邀妻家庭訪視，後來那一張奔向台灣海峽的地圖將是作為國小教師的妻與學生江致陞之間永遠的心靈地圖。

二〇〇四年七月四日

1

已經傳來附近部落的消息（派出所警員問警用電話），大雨中的部落就是既獨立又自主的凝固的船舟——後來由鄉長向媒體記者加以證實：和平鄉已經被切割成九塊（既獨立又分離的）版圖。政治無法做到的事，總是由大自然無情的完成。

2

孩子們吵著要看暴漲過後的大安溪，猛水驚駭、土石翻滾、漂流木白屍、房屋傾倒，種種大自然所布置災難的隱喻，從孩童的眼光看來，總是飽滿著歡樂的節慶與奇異的線條。

3

畫壇大師畢卡索有一次參觀兒童畫展結束之後，記者追問有何感想，畢卡索說出了讓人沉思的一句話：「我和他們（兒童）一樣大時，就能畫得和拉斐爾一樣好，但是我要學會像他們這樣畫，卻花去了我一生的時間。」

4

新店市某住宅大樓三層住戶，一名泰雅族中年人，眼睛盯著螢幕，直升機俯瞰而下的東面山麓，崩塌的土石泥漿緩慢的（懷疑是鏡頭慢格所致）襲擊一棟紅屋頂建築物，男人哀痛的哭了起來。

5

直升機盤旋不遠的上空，因陣雨不辨方向的墜落，像夏季的蜻蜓，在午後雷陣雨中倉皇遁走。我聽見有人嘆著：可惜！

6

重型機具——挖土怪手正伸入土石內臟，在上方道路遠觀的族人冒著飄零的細雨，維持恆定的姿勢達一到兩個小時，津津有味的，彷彿在一同工作著。

7

歡忿的越過路基缺口直奔卓蘭，大小不一的土石流切割開發坡地，每一次風雨災後，大地又向人類收回一點失去的尊嚴。

8

東勢農民醫院五樓病房，見到臥病的父親與母親，恍如隔世般絮絮叨叨，在這棟淡綠潔淨的空間，從來不少生老病死的隱喻。

9

久違的電視機播送中部各地災情，某些放大的圖像與現場，彷彿是剛剛擦身而過的死神倒影，倒是救災的口號永遠顯得陌生而遙遠。

10

《酒吧長談》描寫軍事政變後中央政府怎樣透過一次「民主的」選舉穩定民心的一段敘述總是讓我既熟稔又驚駭。——「我們需要某種東西能使人們回憶起貝納維德斯元帥那響亮的口號，」費羅博士說道：「即『秩序、和平和勞動』。我想提出『健康、教育和勞動』這個口號，你們看怎麼樣？」

11

熄滅燭火，入睡。黑暗隨即掩上，雨陣衝鋒槍掃擊鐵皮屋頂，屋後排水溝成河洶湧，土石在山坡蓄勁待發，不遠處大安溪轟隆滾動，孩子掩被蒙耳，黯夜中的房屋是流動的夢境。燭淚掩息，不能入睡。

二〇〇四年七月五日

1

喚來大弟坐鎮家中，偕妻赴嘉義民雄詩演講。在中山高員林戰備道遇短暫急雨偷襲外，一路大晴大日好風好雲，暫離部落大流，陡然升起逃兵的羞愧感覺。

2

詩人焦桐，穿著白襯衫外罩絲質般好看外衫，關切著（略帶誠惶誠恐樣）自大流災區久違著的我似乎是不知所措的（具備詩人慣有的孩童氣息）問：「最近都忙些什麼？」

3

某學員（國小教師）在即興創作中試寫災難，才知道「敏督利」是英語「浦公英」的音譯，是暗示著這場颱風的個性或是這場颱風所將造成的「明天過後」

（剛下片不久的好萊塢影片）？

4

多年未見的摯友（國小校長）帶我們到靠海小村一間饕餮客僅識的簡陋海產店，沿途見大潮後泡海水的墳塋，「這還算幸運，有幾處墳墓終年浸泡海水，清明時節幾乎就需要划船。」之後，我們吃著肥大的、滋美的、才自海水撈起的鮮蚵。

5

我們在酒酣耳熱斷斷續續編織十八年前在中部海村任教的點滴，關於合力挖出一座操場、躲藏著聽黨外說明會、在閣樓讀禁書大夏日竟盜冷汗、因為晏起卻意外獲校長一頓早餐等等，啊！喚回記憶不僅僅只是美好，還在於進行某種抵抗——「滅絕了我們的故事，我們也就消失了……」——《儀式》，美洲原住民作家萊絲莉．希科[2]。

6

真是魔幻現實的時刻：早上搶越土石缺口，午時已在風和日麗的嘉南平原。讀著《風颱》五首給冷氣轟然的體育館文藝研習營學員。身歷其境的現場正出現在電視新聞螢幕上。聽著官員冷然笑以對：「決堤就決堤，有啥好看的，給錢就是了！」

7

打電話到部落家中，無人接聽，會不會……？再試，妻（形同骨肉一般的）焦急著，進入夜晚了，「嘟……，阿姨，我們去看天空，好多直升機……」

8

朋友邀進諸羅城，因為閱讀而婉拒著。「文學總是以陌生化的型態呈現，不斷地反思和批判著現存話語中的權力關係，改變著人們的言說方式和對語言的理解，進而塑造了他們理解和解釋世界及自我的新方式。」——大陸學者周憲在《思想

---

2 Leslie Marmon Silko（1948-），一九七〇年代美國原住民文藝復興運動重要作家，著有《儀式》、《說故事的人》等。

的碎片》一書如是說。

9

《酒吧長談》回憶的情節在祕魯布諾省經歷了水災過後接續的旱災時，報上登出災難後當地印地安人的圖像——婦女背著子女在龜裂的田畦間遊蕩，牲畜瞪著眼睛在做垂死的掙扎。令我震驚的不是上面的話語，反而是身為資本家庭的婦人對著讀大學（準社會主義分子）的兒子所說的這一段話。「這些可憐的畜生根本不懂什麼是兒女，什麼是家庭。」一索伊拉太太說道：「既然沒吃的，就不要生孩子。」

二〇〇四年七月六日

1

從嘉南平原向北疾馳東勢農民醫院，麗日到烏雲的路程，彷彿是趕赴一場已知風暴。

2

等候出院的空檔時間，父親病床一旁移來災民病人，老婦人是部落嫁出去的親族，婦人回憶著六十年前與父親在雪山花園農場（幾年前資本家投資開設）上方舊部落的甜美時光。「原始森林啊，樹都抱不起來，sinu（大型走獸）每天都很悠閒的散步……」我不忍提醒歷經災難後的婦人，舊部落已經成為三座大小不一的偃塞湖，儼如三顆不定時炸彈。

3

母親哀悽的說：昨晚又一場豪雨。比對著電視新聞拍攝的畫面時間，正是昨夜讀到索伊拉太太對兒子聖地亞哥說出那一段話的同時，族名德芙蘭（河水豐沛之意）的松鶴部落慘遭一溪、二溪的土石掩埋。神啊，請問——我還能祈禱什麼嗎？

4

沿著東勢、卓蘭、內灣、白布帆抵達部落，「九二一」的記憶不遠，這是二十一世紀族人「淚的路途」。檢查著災後的航照圖，「淚的路途」正以山脈的微血管般殷紅的擴散著。

二〇〇四年七月七日

1

我弟俊生應生態保育中心之邀（實際上是打工，一天兩千台幣），從部落揹台灣黑熊飼料前往中心，隨行有保育中心人員、記者、搬運工兩人，說是「拯救災難後斷糧之黑熊」（飼料計十二包寶路牌狗食、青菜、水果……不等）。行到黑水滾滾的無名野溪處，中心主任（地質學專家、博士）對著記者侃侃而談一節節無意間發現的乳白露頭岩石（正確的說，山洪爆發使它生出汙濁光澤），「珊瑚，這證明了台灣受擠壓的古老證據。」我弟看著露頭，手指輕捻拍掉汙黑，以下里巴人的口吻說道：「喂——是鐘乳石好不好？」一旁中心雇員（部落族人）噤聲說：「噓，我老闆欸！」之後，又中心兩女研究員端視檢來一枚圓形石卵，研究毫無結果，我弟想起鐘乳石之變異為珊瑚，對兩研究員下個驚人的結論：

「是恐龍蛋啦。」

2

敏督利西南環流肆虐一週，仍有部落未搶通，形成罕見的島中之島，部落族人發揮驚人的黑色幽默稱：大島包小島。

3

尤薩回憶年輕時的上馬獵尼昂河之旅，深刻的體驗到祕魯人民「為生存而鬥爭的殘酷現實」，並且細膩的思考（透過具體的實踐）了亞馬遜地區不僅僅意味著苦難、暴力、困苦，尤薩看到了「它也是一個繁茂的世界，一個擁有不可思議的力量的世界」。

4

我閱讀，我創作，因為災難總是以不可思議的面貌出現。

二〇〇四年七月二十六日

我與我的颱風們

我們泰雅人對颱風的來臨與否總是依賴著大自然的訊息。

小時候我對自然界傳遞的訊息通常視而不見，那就必須經由教訓、學習、生活與體驗使其完備，一直到現在，科技如此昌明，我還是喜歡追尋自然界的靈魂。

下午放學後母親的身體已經不適良久，整段大片大片的白日只能枯坐客廳的藤椅上忍著老年的病痛，睡不著，心靈與軀體因而疲憊不堪。帶著母親前往東勢小鎮醫術與設備最高檔次的農民醫院就診，老醫師斷人無數卻實在沒有把握母親是什麼病，或許是多症交纏擾亂了連接耳膜的聽診器，之後開單取藥並央求打一針營養補給葡萄糖針。在等候打針的時候闖進來一中年舊識，來自翻上幾座山的大甲溪岸的親族部落，中年人畢浩在山坡地發動砍草機鋤草，噠噠噠機槍似吃九五機油的砍草馬達聲掩飾了樹上蜂巢奔出的幽靈戰鬥虎頭蜂，「就這一顆，馬上眼前就黑了半秒有。」畢浩撥開亂髮好讓我看清堡壘一樣暴起的頭皮。扶著畢浩的是國小老師的弟弟，他接下哥哥的難言之隱說：「上禮拜是我大哥，上個月是我老爸，好像那一窩蜂巢專門對付我的家族。」我直覺的認為其中必有隱喻，我撇開蜂叮的話題好奇的追問著：「那虎頭蜂巢是建在樹的上面還是下面？」「蓋在樹上面和樹下面的虎頭蜂力量不同嗎？」國小老師不解的問著。我說我們老祖宗觀察蜜蜂築巢千百年終於看出這大自然在細微處展示的祕密，那就是蜂巢築在上面預知了整個夏天的風雨只能掃掃樹下庭院的雜草，如果是築在樹木的腰部以下就表示上頭不安全，脆弱的樹頂恐怕無法抵擋夏天的暴風雨。畢浩在屁股挨了一針，吃痛的說：「虎頭蜂的房子都快要貼在地上了。」七二大流風雨帶領大甲溪暴漲，這祕密或許在低矮的蜂巢早已洩漏出來，但我們總是輕忽大自然在細微處的某些變化。營養針打畢返回部落，仍顯衰弱的母親在對將暗下來的天際快速的閃視過後，不無憐惜的說：「颱風的腳走上來了。」在寓居的家屋，嘗著父親自從八二三砲戰後就絕少下廚的晚餐時，電視新聞準確的應和著母親憐惜的聲音——米雷颱風成型。我衰弱的母親是如何洞悉颱風的祕密呢？也許童年的往事可以窺見某些蛛絲馬跡吧！

六〇年代的部落，我們對知識的尊崇總是來自至高無上的老師的訓令，有一天我們偶爾得知某個稗官野史的自然知識，於是珍寶一般典藏在小小的腦袋瓜子，感到首次逃遁於老師在知識上的掌控而竊喜不已，那是有關部落下方現住時叫做觀音溪的兩岸遍長野草的神祕痕跡，只要在青綠色澤的葉面仔細觀看有如摺痕的數量，就得以掌握夏天颱風次數的自然奧祕，那喚做「颱風草」禾本科（Gramineae）狗尾草多年生植物竟有風颱草、風動草、龍船草、棕葉狗尾草等等諸多別名，等到我們長大之後才知道這祕密已經是全台皆知，這樣就不能不因為祕密的破滅而減損了它對自然奧祕的威力，難怪我們以颱風草的預準總是像失去靶心的子彈一般。我的父親曾經以母語安慰著並告誡著說：「大自然宣告的祕密從來不會張牙舞爪。」

是不是我們愈是積累著知識竟而建造堡壘的反面——牢籠——因為我們遠離了對心靈的信賴而成就智性的迷信。

我的父親的學歷僅僅是個日據時期蕃童教育所一年級生，父親所有的知識來自居處山野的祖父，祖父有兩個兄弟，日後都移住在日人安排妥當的埋伏坪社，七歲父親成為孤兒之後，對人世的應對總已是延續著祖父的耳提面命直到今日。

正如我們所知道的，父親是一隻手就握住僅有的財富這樣的人，我們稱之為貧窮的父親如果在生活上還能夠缺少什麼的話，我相信不會是我們賴以追尋的意義，掠過我腦海的童年總是生活夢想的鮮明印記，於是當時還保持獵人之心的父親會帶著也是七歲的我來到祖父居住的夏坦森林，出發前的黎明尚未將黑幕帷掀開，天幕必須等待獵人的叩問才會掀起，父親裝備整當，眼睛伸向夏坦森林的方向，喉嚨咕嚕咕嚕發出祖靈的詞語，當黎明之光照耀大地時，請將荊棘拔掉，請將突起的石頭輾平，讓我們的腳順暢的來到你的心中，變化我成為一支箭，變化我為一把刀。前往夏坦森林，山路依然崎嶇難行，兩側多的是咬人貓與長著倒勾刺的莖葉，但奇怪的是腳步卻輕盈起來，心靈也輕盈起來，整座蓄滿的夢想彷彿想要飛了起來。

下午的山林是雷陣雨的演奏曲，就在簡單撐架的工寮裡聽著澎湃的音響，有的時候刺目的閃光將森林瞥亮一秒兩秒三秒鐘，然後是碎裂天際的雷聲駭然驚起，父親安靜地拔除獸毛、修製獵具，我則心情忐忑的詢問是否曾經害怕過，父親回答不是害怕，害怕是來自我們的軀體與心靈出現了破洞，身心不再平衡，就算是暗夜中飄動的一根羽毛也會害怕。父親說我敬重雷雨，雷雨是力量的象徵，活的靈魂才會具有力量，有力量的雷雨也是生命的象徵。七歲的我無法洞悉父親語言的奧祕，父親轉而敘述嬰兒出生的時候只有讓身體裡的雷雨降臨才會出現力量，那雷雨就是嬰兒的哭與哭聲。這我可就懂得了。二十年後我睇視著新生的小兒，那雙眼睛澄澈清明彷如無物，卻在眼睛的宇宙裡緩緩釋放單純而無可匹敵的力量。父親會對著第一記雷雨恭敬的注視，通常讓我閃避的雷光卻讓父親朝向發出雷光的方向，敬重那雷光所發出的有力量的眼神。

只要雷陣雨改變了出發的時間、扭曲了行進的速度，它就成為我們熟悉的颱風。父執輩以及老人穿行森林總會蒐集某些自然奧祕的訊息，父親對著葉面儘速轉成殷紅的 Vakan 樹說：「晚上月亮避風頭，颱風的腳就要踏上八雅鞍部山脈。」接著牢固獵寮的支柱，觀察石塊從山坡降落下來的距離，然後等待颱風會帶來什麼樣災難的啟示。這啟示透過河流的改道讓我們理解野溪的脾氣與勢力範圍的宣告，這啟示透過脆薄土層的崩落讓我們服從祖靈的言語，記得要將 Lr-olu（一種根扎深土的植物）種下，不要讓貪欲的市場機制破壞了山林與生存的平衡。只有經歷災難，才學得到如何利用有意識的知識以及了解這種知識的根源與整體——勞倫斯・凡・德・普司特在半世紀前的一九五七年一場中南非之旅為我接通了同屬於原始人類的布須曼人與泰雅人的智慧，「人類從未擁有這麼多的知識；但讓他突然在山頂藉由風發現自我或是在夜晚沉靜中認識自我，他肯定會嚇一跳，因為他有不被了解的感覺——不被他最珍愛的人或他自己所了解。」這是因為布須曼人與泰雅人共同俱存的特質是「了解的方式是透過被了解」，我與我的颱風或許已經逐漸被了解，但我還在學習如何了解我的父親與母親，正如我還在試著了解自然的祕密如何收藏在我們父祖輩的日常生活裡。

二〇〇四年九月二十八日

土石流後的學校

1 像一位古代憂患的詩人

週六下午，開著三菱休旅到學校。通常，前進學校的路程，東面的山勢已經舉起了晨光，剛剛要出部落，迎面就是大安溪谷。

現在這片溪谷已經讓地震與土石流搞得面目全非，到處都可以看見散落的漂流木，它們從居住的土地上流浪到陌生的溪谷，自然呈現著疲憊與創痛的痕跡，這些受傷的樹木後來還要被人類噴上紅色的記號，因為那是台灣山林珍貴的樟木、櫸樹……等等，剩餘價值人類是不吝惜耗用的。

白布帆大橋跨在大安溪河床上，現在也已搖搖欲墜，就等待下一波的土石流來臨。每次出發前往學校，我總是像一位古代憂患的詩人，眼神充盈著飽漲的思慮，腳下卻壓著現代科技的離合器與油門，像個不情願的荒野之徒踩動風火輪。

2 那些枝微末節的事物

沿著地震後重建的「之」字形道路而下，很快的就來到了大小不一的土石流肆虐後的路面，路面已經讓怪手或是推土機清除出各行車輛足以通行的出口，但是還可以看到土石奔流過後的痕跡，有的時候是凹坑，有的時候是撞裂的遺跡，短時間無法清除的土石與漂流木像一堆勳章一般的睥睨著架在路邊。

我注意的不是它們那些睥睨的眼神，那眼神讓我倒盡胃口，我注意的反而是那泓容易讓人忽視的、看似孱弱而清澈的小水流。水流來自不起眼的山溝，當我站在山溝的缺口時，很難想像正是眼前這一泓怔著無辜表情的流水帶領敗土與廢石衝斷路面。大自然最為隱蔽的力量總是來自人類視為枝微末節的事物，這是個人心的體悟，也是殘酷至極的領會。

3 愈虛構才愈真實

往日來到社區入口，心情總是心曠神怡。烏石坑溪從這裡匯入大安溪，東面遠山蒼翠如畫，那是長鬃山羊、台灣獼猴與山羌的家鄉，也是我童年進行山林野趣的聖地，再遠一點的記憶，是我祖父居住的蜂蜜般的土地。

七二過後，驚人的雨量模糊了如畫的風景，山野小溪驟變成發怒的巨蟒，牠搖撼著溪岸碎石，捲拔一棵棵深入土層的大樹，發著獰笑穿行在月黑風高之中，似乎是，拍動著神話裡惡靈的披肩。

我看到社區入口的牌樓傾側一方，假日趕工的重機械與工人忙碌走動，他們布置著我所陌生的奇異景象，在通往山區小學的路上，一切宛如迷離的夢幻，有如虛構的情節。但是，日常生活的世界告訴了我們，愈是迷離才愈真確、愈是虛構才愈真實。

4 愈漂亮愈恐怖

將三菱休旅停在路邊，走到橋頭，高聳而傾斜的牌樓正被幾枝竹梁撐架著，河床上改道的河流將河床撐開，擴張的河床將通往社區的柏油路面摔到大安溪，黑色的瀝青柏油已經不知去向，倒是新闢的便道奮勇的穿越河床，等到下一個暴風雨，便道又將消失，整個情節直追南美魔幻風。

在水泥橋上我遇到舊識，也是學生家長，一位荒野的藝術家，家屋設在另一邊橋頭，七二大水差一點奔歡狂飲藝術家。有些疲憊的走來，我問現在做什麼，他指著橋下的工程說：「打零工啊！」對於我這麼遲才來為整個風災後的景觀拍照惋惜著：「現在已經不漂亮啦，工程都整好囉！」我深有同感的回答，愈漂亮愈恐怖。然後，兩人無奈的笑了起來。

5 人類對土地的輕視

我喜歡這張照片。烏石坑溪準備匯入大安溪，遠山的背景像一面牆似的張掛起來，這就是大克山東側山壁，苗栗縣民應該知道西側的風景秀麗，已經開發成大克山森林遊樂區。許多人所不知道的是，這面東側山壁頂端架有日式自走砲，砲基的附近設有日警駐在所，它的槍口與砲口在九十年前謹慎而持續的對準北勢八社泰雅族人。

我喜歡這張留有歷史遺跡的照片。

當時的河面恐怕不如今日壯觀吧！如果日警之強襲部落稱為人禍的話，七二大流或可稱為天災。但是，一定有很多人不同意這種說法，我自己也不同意七二僅是老天開的大玩笑，通往山村小學的旅途上，我會在下一張照片為你證明，七二大流不僅是天災，還必須加上人類對土地的輕視。

6 河流取回它的孩子

從橋頭，遠遠的就可以看到這幅景象。我將車子停在社區入口處，手持一隻立可拍走到近處，按下快門，「啪——」的一聲，閃光乍起乍滅，時間在當下停頓一秒，攫走了瞬間的影像成為某種時光的永恆。

猜一猜，這棟山中別墅為何建在河床之間？

猜一猜，別墅的周圍原來應該是什麼景象？

猜一猜，這棟別墅是作何用處？

七二大流之前，這裡是私人闢設的觀光果園，至於河床上為什麼可以闢建成果園就該問問水利局。所以當有人不無憐惜的驚訝的說：「好可憐，颱風沖毀了這樣美麗的家園。」我通常只會潑一盆山中的冷水說：「河流只是取回它原來的孩子。」

7 看不見的隱藏更多

從河岸便道一座斜坡而上，接上社區柏油道路，道路兩側新築的欄杆依然健在，不過有些因路基被沖垮而遭殃，欄杆上雕塑的社區標誌——日本甜柿——因雨後而更顯紅豔，接著，被土石沖垮的路基斜向河流，似乎在乞討著什麼？路基會向河流乞討嗎？當然不會，但是記憶就可以讓我有了索討的動作。在七二大流之前，這段路基的缺口原本是一座昂揚聳立的望樓，以鋼骨水泥為骨、飾以仿枕木色澤的建築物，村人有時登望樓以遠視界，有登高望遠之意吧！現在，河流帶走了人們的想像。

這讓我想到災難過後，現在已經看不見的總是比想像的世界還要隱藏得更多，而記憶，正是將這些隱藏起來的一點一滴進行贖回的動作。

8 戀書如饕餮

學校建在名副其實的山谷裡，天氣好的時候，早晨經過大橋，東面的山嶺排出一列溫暖的陽光，有的時候細看，像是長著千萬隻腳陽光一路走下來。我不知道我的學生們是否在上學途中和我有一致的想法，但我知道我們的愉快是等值的。假如早晨的陽光不來，則泰半是雲霧取代山間的風景，那還是別有一番情趣的。

你現在可以看到新橋雄跨山谷的模樣，為了彰顯在地產業特色，兩側的邊欄上每隔幾步就置上一粒偏紅色系的日本甜柿，整個橋面看上去，宛如舉辦一場盛宴似的。新橋是兩年前桃芝大流之後蓋的，因為河谷的舊橋讓土石流摧折殆盡，如今只餘殘跡裸露於紛雜的河床間。

唉唉！我們不提這件悲傷的往事了。眼前，一座山谷裡的小學校就在前方，像一塊誘人的糕餅逗引戀食者的欲望，我與我的學生們，我們是戀書者。

二〇〇五年七月

部落災難學

0

風雨在入夜後開始增強，十七號艾利颱風棍棒似的雨柱摔擊在鐵皮屋頂，發出一百萬匹野馬鐵蹄似的浪潮，書桌上一本薄薄的《博爾赫斯與薩瓦托對話》[1]，能夠抵禦大自然隨興的災難嗎？當艾利攜帶中心最大風速三十五公尺，相當於十二級風以及擁載女王般的密集雨量抵達台灣島嶼，我與我山區的族人足以抵禦現實的考驗嗎？

1 阿根廷小說家博爾赫斯（Borges，即波赫士）與薩瓦托（Emesto Sabato）的對談集。一九九九年，雲南人民出版社。

1

孩子們眼睛盯著電視螢幕上的氣象報導，雨點因為叩擊鐵皮屋頂洶湧鑽入屋內，電視機的音量因此異乎尋常的扭亮，耳朵卻無從分辨是什麼聲音進來又出去，在單薄的書房閱讀著早上到雜貨店取來的報紙，預警的字體散布油墨紙上。颱風真要來襲，我跟孩子們都學會了靜靜沉默，因為，我們學會了只能靜靜忍受。

2

「報上寫出來的東西就是準備要忘掉的，是故意的。」博爾赫斯和薩瓦托第一次的對談是在一九七四年十二月十四日，他們約定了不談擾人的政治，只涉及「永恆性的話題」，因為日常瑣事轉眼就——風吹掉了。但我還是很驚訝當時已屆七十高齡博學多聞的博爾赫斯對於報紙總結式的定論，可是緊接著的經驗論述讓人會心莞爾。博爾赫斯提醒著說：「愛默生，他勸人多讀書，少看報。」

3

小兒進來說：「爸停水了。」山區雨勢下一日，簡易自來水停止運轉是尋常不過的事情，雨下、水流、樹倒、山崩、土淹、石落，只要其中一項觸動自來水管線即可停水，似乎也沒有改善的道理，天道似乎如此。我笑著手指黯淡的天空：「爸沒停水，天空也還在下著雨水。」

4

幾乎和閱讀中的博爾赫斯一樣年長的父親看不出是否憂慮或者哀傷的孤坐客廳。幾年前購置的山坡地歷經九二一、賀伯、七二的自然災害，已經讓父親快速的衰老下去，我還記得剛剛從賀伯土石流倉皇奔逃的父親對日後的生涯曾經下個讓人匪夷所思的註解：「以後可以不用再『做山』了。」之後，父親經常無所事事的枯坐著，不論在白天或者黑夜，有如停格的時間的片段。

5

妻在暗夜中驚醒，說是夢中的自己在睡醒時發現家屋四周一片汪洋，顏色並非海洋的湛藍而是土石大流過後的黑濁，「宛如孤島似的。」與妻一樣嬌小的母親也數度作著類似的夢，總是大流後孤守著封閉的屋宇。

6

博爾赫斯與薩瓦托對夢有過精采的對話，特別集中在第五次的談話，時間是一九七五年三月一日，作為記錄與整理的年輕小說家奧爾蘭多·巴羅內提問著：「夢」這個詞能給兩位什麼啟發？

博爾赫斯承認自己難以駁倒叔本華所說的：生活和作夢是同一本書的不同讀法，按順序閱讀是生活，隨便翻閱是作夢。年齡稍輕的小說家薩瓦托對夢的探究讓抱著對日常生活保持懷疑態度的博爾赫斯凝神傾聽。薩瓦托說著：「靈魂一旦擺脫肉體和時間的牢籠，就可以在不受時間限制的空中漫游，那裡既沒有從前也沒有後來，在那裡，隨即發生或者可能發生在他被靈魂遺棄的肉體上的事實將會像幸福或者不幸的雕像一樣永駐不動。」我覺得以下這一句話讓博爾赫斯深深陷入沉思。「正如死亡在未來等待著我們一樣，也會有噩夢只能作為地獄的幻覺在前面向我們招手。」

7

深夜後的艾利益發顯得焦躁狂暴，雨勢湍急、風頭猶烈。孩子們先是蹙著眉頭輕易不肯入睡，我輕聲的說雨就要停了，孩子們才學著海洋一般入睡。我退回書房，風雨織促的巨大聲浪到了極大的時候，聽覺逐漸就被填滿，終至無聲似的，有如清醒的凝視自己在夢的眠池行走。

8

凌晨四點父親與母親讓生理時鐘喚醒，緊接著應該是漱洗、交談著工作計畫、穿上工作服，父親登上搬運機，「騰騰騰——」發出巨大的聲響，最後駛進山坡下的甜柿園。但屋外是沛然莫之能禦的颱風雨，我聽見父親與母親異於往日退回寢室輕微而無助的音響。

9

當薩瓦托驚訝記憶驚人的博爾赫斯輕易地讀出詩人盧貢內斯的十四行詩句時，他們第一次的對話就要接近尾聲。博爾赫斯一貫低沉的聲音唸著：

既然我是山裡人我知道
磐石樣的友誼對心靈的價值

博爾赫斯沉思片刻，開口再度背誦的詩句卻讓我難以掩卷：

我們的土地要把我們從遺忘中拯救
因為我們已經在這裡服役了四百年

10

父親還是在大雨暫歇的不注意的空檔奔向果園吧！我記得童年的果園是向林務局承租的林班地，每一顆紅得發光的橘子就是父親的地球，後來「九二一」將地球震碎。幾乎是幼年的時候父親帶著我到祖父之地的森林狩獵，父親指著以檜木搭建的林務局辦公室說：「小的時候我住在這裡，大型動物的皮膚擦亮著每一棵樹幹。」後來呢？後來就劃為國有林班地。現在呢？雨點沾濕父親的頭髮，語氣如濕涼的空氣說：「土石又吃掉了工寮。」我想試著像博爾赫斯與薩瓦托第一次對話結束時「擁抱是心靈向其他心靈發出的信號」那樣擁抱著父親，但父親疲憊的走入了屋內。

11

隨著派出所警員的巡視，已經證實道路前後均告中斷，換句話說，我們已經成為這座島嶼中無數個內陸孤島之一。我與我們家人甚至是部落族人似乎已經習以為常以至於表現出驚人的鎮定。艾利仍在發威，不惜捲起旋轉的風打算搖撼整座部落，包括我們認知的一顆地球。

12

我們驚訝的發覺電力的運轉依然正常，於是趕緊打開電視螢幕，美麗的新聞播報員安之若素的細數災情，正如我們在觀看美軍在夜間轟炸伊拉克不時閃爍的煙火一般，我們正像看著電影一樣的觀看著災難的來臨。然而戲散之後，我們還能保持著觀看時的動容與驚駭嗎？

13

午後不時地翻轉電視頻道，災害的現場遍及中北部，更是不分山村與都市。叩應現場的專家學者忍不住大罵官商勾結、輕忽大自然力量、重建速度遲延等等，「你還記得蒙田那句話嗎？」我記得在第四次對談時薩瓦托談論到國家法律與公正的問題不無遺憾的說：「假如王宮貴族不奪走我什麼，他們就給了我許多。如果他們絲毫不傷害我，那就會讓我感到舒服。」

14

松鶴部落就是我們泰雅族的達芙蘭，原意是「水量充沛的好地方」，也是我們部落的遠親。七二大流土石淹沒了半個部落，現在，螢幕上的達芙蘭已經不是個好地方了，達芙蘭的退休牧師為了照顧眼瞎的老妻無法逃過奔流的土石。母親在前一天上午還在東勢鎮上與謝牧師聊著天，他們相互保佑對方，母親後來知道了這件事，傷心的說：「上帝怎麼忘了他！」

15

在七次的對談裡，兩個老人（博爾赫斯與薩瓦托）只在最後一次的對話裡談起死亡，年老的博爾赫斯問著：「怎麼？你怕死嗎？」年紀稍輕的薩瓦托回答著：「確切地說是悲傷。死亡讓我感到悲傷。」

16

當持續的災害漸漸升高，拔高到人們的死亡之境時，薩瓦托已經寓言似的為我們下了一個讓人心碎的註腳：「是的，一個不完美的上帝的存在是可能的。或者這個上帝只會睡覺、作噩夢、發瘋、帶來瘟疫和災難……。」

0

我看見的是，上帝是我們依照自己的形象所創造的，包括災難。

二〇〇五年七月

瑪莎颱風十日譚

第一日

凌晨約莫五點鐘吧，天光隱匿著，鐵皮屋頂開始彈起音樂，先是宜人的小奏鳴曲，接著，大地的指揮棒揮出重金屬鏘鏘鏘的鳴響，小孩驚醒喊著：有馬匹！

下午一兩點，門前產業道路T字型水溝已經劃出一條小瀑布，你可以看到鄉公所施工單位擺放多日的黃色塑膠拒馬，像一隻隻呆滯的偶像塑膠馬。工程還未開工，瑪莎颱風倒是先光臨部落，用黃濁的泥水問安道好。

今天（二〇〇五年四月八日）報紙上登出松鶴部落災民安置住宅完工消息，安置住宅設在部落的雅比斯巷，雅比斯就是族語「飛鼠」的意思，看起來好像是紀念土石流沖刷時，族人彷彿模仿一隻隻飛鼠在暗夜中奔逃的模樣。謝揆（長廷）表示，未來將把這個社區納入「六星計畫」，提供醫療、就業、老人照護等服務。他也肯定松鶴居民打不倒的精神。看到「打不倒的精神」，我嚇了一跳，因為這些災民安置住宅是以多少流動血淚的「人命」換來的！我依然認為，應該重新檢討原住民聚落被遷置在河川新生地的安全體系問題，松鶴部落就是個明顯而慘痛的實例，與其把錢花在不斷遭受災難的缺口，不如尋找安全無虞的區域規劃成新部落。

開始閱讀《旁觀他人之痛苦》（蘇珊．桑塔格著），這是「九二一大地震」之後養成的習慣，只要某種災難來臨，我就會藉著閱讀治療眾多困頓的日常生活。

第二日

大安溪河床是我們自童年起觀看湯湯河水暴漲的地方，今天也不例外。

瑪莎颱風逐漸讓各自為政的野溪統一了起來，記得國小時候看著暴漲的大安溪，內心升起肅然起敬的聲音：「長江、黃河的水就像這樣！」這是教科書教育的結果，它鑽入我們純潔的腦袋瓜子。

上午在部落小學校園遇見比令主任，我們談起之前海棠颱風時在大安溪被沖走的族人，是個不到三十歲的年輕人，報上說是為了對外求援勇敢涉溪而沒。我們都知道這是怎麼一回事，那位年輕的族人不過就是希望能採幾根瘦小的漂流木拿回家賣錢養家活口罷了——是生活在煎熬著族人的生命。

當我們的族人成為國家底下的國民之後，河川已經「變成」國家的財產，就算樹木從你山上的耕地仆倒到大安溪河床，那棵已經成為漂流木的樹木就是國家的財產。按照我們部落的說法是：「真有你的！」桑塔格一開始書寫暴力的意識時，就引用出身猶太家庭的法國哲學家西蒙．韋伊（Simone Weil）在〈伊利亞德，力之詩〉的一句話：「暴力令任何參與者都只淪為物件。」那位年輕的族人現在也已經成為時間的漂流木，成為我們記憶中的「物件」，而我們都是暴力的參與者。

我睇著「真有你的」大安溪河床，遠處輾轉漂動漂流木，我只好退出懸崖邊回到鐵皮住屋，為你們寫下這篇風颱紀錄。

第三日

我父是個很棒的解夢人，我是說，在他還沒有被昔日的公賣局酒精打敗之前。你說你夢到一條蛇，小蛇吧，緊緊追著你，你也在夢中汗流浹背的跑著。父親就問著：「什麼顏色的？」夢有顏色嗎？我說我記不得了，驚嚇過度嘛！父親閉著眼睛，安慰的說：「最好要記得顏色，綠色的代表你會找到很多好吃的東西；紅色的蛇讓你找到紙鈔；白色的呢，你放心，牠在跟你玩遊戲，代表你很安全。另外，蛇如果對你笑的時候，你就要注意了。」天啊，蛇會笑嗎？父親說：「會啊！你沒看到蛇笑過！」

我回到鐵皮家屋時，父親已經有些「馬西馬西」（醉醺醺）的坐在屋外，旁邊是愛犬小皮與小麗，大人與狗都懶洋洋的視著庭院降落的雨點，我想起我父曾經是個很棒的解夢人，於是對父親說：「你看地面上的雨圖畫，它在說什麼？」

父親醉眼迷濛的說：「你發神經了，這是下雨，看清楚點，這不是夢！颱風已經好幾天啦！」

是已經好幾天了，電視新聞卻從未見到「我們這裡」的災情，其實桑塔格早已聞之甚明——新聞術語中的「世界」——「你給我們二十分鐘，我們給你全世界。」……這與真實的世界並不一樣，於地理上及題材上都是一塊非常狹小的地區，只是傳媒認為值得知道，並以簡短、強化的語氣報導出來的領域而已。

「我們這裡」的災難對新聞傳媒以簡短、強化的語氣報導的價值——是可以被視而不見的。

第四日

斷電。

猛雨大作一夜，群山魔怪亂舞。凌晨睡覺時，大安溪谷發出轟隆隆的土石絞碎巨木的聲響，幾乎讓我抱頭鼠竄的睡著。

隔天醒來，瑪莎的風雨仍然潑水一般灑下來，道路邊的懸崖又向道路逼近半公尺。我拿起剛剛修好的數位相機，拍下了昨天風雨肆虐後遺留的鏡頭，明顯的，大安溪灰黑的溪水就要占滿整座河床了，這也差不多預示著大甲溪沿線的交通就要斷路，因為大甲溪是「男人河」，脾氣暴躁得不得了。接下來，我們部落通往小鎮的產業道路也要斷線了。

百多年前的一八三九年，攝影機就被發明出來，接下來，攝影便與死亡結伴同行，靜物、葬禮、戰爭、災難……本質上就隱含著逝去的、凝止的時間意象，於是也可以將攝影看作某種「片段史」。百年後呢？「在這個日益視震嚇為有價，為刺激消費之主要指標的文化裡，影像的狩獵已成常態。」（《旁觀他人之痛苦》P:034）而我對拍照的舉動意味著什麼呢？我深以達達主義安德列．布賀東的一句話當作懸梁刺股：「美需使人驚厥痙攣，否則就是不美。」

第五日

晚上挑燭夜戰，屋外風雨交加。兩條顧家犬突然狂吠了起來，這通常是不太尋常的預兆（地震前夕，大約有百隻以上的台灣獼猴下降到大安溪谷）。我出門探視，黑夜的風雨中看見工寮裡的顧山犬（小咪）濕淋淋的回來，我想山上大概是土石流吧，否則小咪是不會下山的。回到屋內，燭火撐開了黑夜，我繼續摸索著桑塔格的心靈世界，對於受苦，正確的說，人們對於觀看受苦的心理歷程已經跨越了道德修辭，「它們只不過要挑釁：你敢看嗎？能夠毫不畏懼地觀看可予人一份滿足。不敢看的畏縮又是另一重快感。」桑塔格接續的論述讓我在這圈溫暖的光芒中戰慄不已：「然而面對一宗恐怖事故的大特寫，除了震慄之外，還有一份恥辱。」

到了學校，警衛說他妹妹前一晚就來哭訴，說是山上果園裡剛剛才套袋好的日本甜柿都已經被土石流蹂躪殆盡了，聽起來像是某人遭到性侵害一樣。

我登上二樓，果然在部落東面的山脈崩落黃濁的土石，警衛妹妹的果園在右邊，我父的果園在左邊，均一致遭到土石流的覆沒——啊，我爸的果園也遭到性侵害囉！

是不是見識了過多的災難，使我敏銳的神經趨於疲乏了呢？此刻，我竟升起一股恥辱——某種無能為力的恥辱。

第六日

日本甜柿大致是這幾年轉作經濟價值最高的農產品，十幾年前李登輝前總統來到離部落不遠的、昔日的古戰場今日的農會扶植的摩天嶺果樹班，吃了一口甜柿，直稱比日本本土的甜柿要脆要甜，摩天嶺於是成為全國唯一的甜柿專業區。甜柿價錢好的時候一顆10A（九~十台兩）可以賣到二百元（這當然是A級的），現在的價錢也有一百元。

日本甜柿的產期在九月底到十一月底，一般的甜柿是紅柿，熟的時候是軟著吃，日本甜柿熟的時候是脆著吃，就像是咬著蘋果一般。

辛苦一年的農作，只要土石鬆動衝擊樹幹，一切就化為烏有了。假如在產期產業道路斷了，水果運不下山，果樹上的甜柿就只好讓鳥獸來吃。現在，套好袋的甜柿，在颱風過境之後，看起來就像是廢棄的套裝垃圾。「越是在遙遠的異域，我們越可以看到死傷者的正面影像。」但是，我保證你們看不到這「廢棄的套裝垃圾」。

第七日

父親果園的工寮在土石淹沒的左手邊，看來就像是困居在災難中受傷的獸物。

這座果園在地震後一年就遭到土石淹沒一次。當時父親在果園工寮躲雨，第一顆土石驚嚇工寮後，父親走出來原本要大罵幾聲的，擾人清夢嘛！接著就是土石流笑咧了嘴，嚇得父親奔逃到小山丘，父親想想也無事可做，於是待在山丘頂處觀看土石流如何沖毀果園，看了近三小時，約莫下午四時回到家中。我問著父親剛到哪裡去了，父親無限哀戚的說：「剛看完一部災難片——土石流吃果園！」

我拍下幾張照片之前，父親才剛剛退出果園，或許是災難片看多了，父親只留下一句話：「拍完記得回家吃飯！」父親說這句話的時候，一定不知道桑塔格對那些有名的、恢宏的攝影家所拍攝的照片做出了擲地有聲的批判：「值得指出的是，這些孤苦無告之人的姓名在圖片說明中一律從缺。拍攝人物照卻不列出對象的姓名，等於是在有意無意之間與名流文化同流合汙。」光是這一點的識見，我父的心靈或恐直追桑塔格。

我拍下的是族人口傳中的男人河——大安溪。

左邊是苗栗泰安鄉，右邊就是台中和平鄉。記得小時候，我們經常游過對岸，來到客家庄河灘地，那裡種有不同於西瓜的西瓜，我們後來才知道那叫作「小玉」。小玉長得嬌小可愛，果肉金黃香甜，是夏日午後最佳的甜點，當然，這必須要附加某些冒險的傳奇才更好吃。

我說的是當男人河溫柔起來的時刻，至於今天拍出女人憤怒的快照，不要說游到對岸啦，下水就讓你流到台灣海峽餵鯊魚，所以說，好男人是不讓女人生氣的。

第八日

我從溪谷上的跨河大橋（白布帆大橋）登上部落頂端時，遇到了部落啞巴夫婦，兩人比手畫腳很有默契的評論此次的颱風災情，我只能從他們變幻莫測的臉龐猜出一二，我跟著也比手畫腳起來，直到最後了解了他們的意思。

啞巴夫婦用手指著大河旁匹練而下的瀑布，我想他們的意思是說：「瀑布，很美，拍拍！」

於是我拍下幾張要送給啞巴夫妻的數位照片，因為，瀑布——很美。因為我所知道的啞巴夫婦面對眾多生活上的苦難，在一天颱風過後攜手散步，看到了一練極美的瀑布，他們未必是藉著照片記憶，而是可能只記得照片——經由照片而來的美好的記憶——這讓任何形式的理解與物質價值都黯然失色。

第九日

這條奔流湧動的河流並不是大安溪，而是大安溪的支流——觀音溪。按照我們族人的說法，這條河流是大安溪的小孩，我們稱作 Go-nojar，意思是「瘦得連巴掌大的魚都養不活」。

所以我們部落族人以前要「種魚」（就是把下游的魚苗帶到上游播種）的時候，是不會考慮到觀音溪，因為它的河水孱弱得自身難保。

可是現在呢？這條河流發火了，我想牠一定是很討厭鄉公所發包的河川整治工程將牠拉成一支米達尺一樣的醜惡形貌吧，真是小看了有生命的河流，對不對——Go-nojar！

今晚電力仍然未從高壓電線傳送過來，幾隻蠟燭早已哭成淚人兒，桑塔格說，我們的世界已經遭影像氾濫，人們已喪失了回應的能耐，「人的悲憫之情，早已被推到極致，已然麻痹。」書快看完了，縱然對桑塔格有一份愈加濃重的欽慕之情，但也認為過多的災難讓桑塔格對人性逐漸失去了信心，是理性知識分子的熱情磨損殆盡了嗎？我想起昨天的啞巴夫婦，庶民的熱情總是在不為人知的日常生活中顯現出來啊！

第終日

我寫下「終日」的意思是，瑪莎颱風你也吹夠了吧，可以了，該離開部落了。

我們老人家說過，很多時刻，你必須要向老天說說話，因為老天夠老的，身體也不太好，難保沒有耳不聰目不明的問題，向老天多說話，祂聽到的機會就多了。我想，這與基督徒向耶穌禱告的道理是一樣的吧！

從橋墩處走來一對夫妻，他們手牽手、輕巧的說著話，彷彿是蜜月夫妻的愛情散步。我問著你們到哪裡？先生甜蜜蜜的說：「去看土石流！」他的老婆，輕輕的，笑了起來！

「把我們對戰燹烽煙、板蕩世情中偷生的黎民的憐憫挪開吧！不如去反省為何身處於同一張地圖上，我們如此矜貴，他們如此潦倒。」看到暗夜中的桑塔格寫下如是的句子，我也輕輕的，笑了起來。我將書頁闔上，也將黑夜蓋起來，而瑪莎颱風，早已遠颺大陸。

二〇〇六年五月三十一日

上山採果

1

上個禮拜，爸媽將日本甜柿賣到鎮上果菜市場，果販索價低廉，扣除運費與車資，兩老餘錢所剩不多，忍不住開口說要幫忙賣水果——網路直銷。

2

日本甜柿大約是在二十年前引進台灣，距離部落一座山頭的摩天嶺古戰場栽培得最好，海拔高度、年均溫與土壤適中，主要是中部農試所與農會的實驗栽培，終於培植出成果碩大、果肉甜脆，不輸日本本土出產的日本甜柿。二十年前，前總統李登輝吃下第一口精挑細選的摩天嶺日本甜柿，直呼：「一極棒——」之後，就像原子彈引爆過後，整個周邊部落砍掉了橘子樹、新世紀大梨、水蜜桃……父親自然也不落人後。

幾年以後，南抵阿里山區、北達坪林集水區都已經種植了日本甜柿，商標上大都是「摩天嶺出品」落款。市場在供過於求的情況下，價格已經降到原本的三成，除了貨真價實的摩天嶺甜柿專業區除外——產品直銷日本本土。

3

一大清早，趁陽光還沒起床，兩位老人家已經駕馳著搬運車「蹦—蹦—蹦——」的蹦到了果園。

父親是家族的孤子，大約在九歲就成為了孤兒，一直在叔公家寄人籬下。二十三歲，經歷著「八二三砲戰」毫髮無傷的退役，回到部落，祖父留下的山產已讓叔公變賣了了，叔公家建起了部落第一棟洗石子水泥洋房，小時候曾經來到叔公家，走在磨石子的客廳上，必須要走得像蝸牛一樣，否則很容易摔倒。那一天是叔公去世的日子，父親在金碧輝煌的棺木前痛哭失聲。長大了之後，曾經問父親那些被變賣的土地該怎麼討回來？父親只是淡淡的說：「就算是叔叔養我的代價吧！」後來聽部落老人家說起父親的孤兒生涯，我簡直無法想像父親是如何度過悲慘的青少年，父親卻從來不曾對我說過自己的慘澹青春，嘴巴像是被獵人捕獲的穿山甲，硬殼似的，捲縮著。

我開著三菱休旅車往部落下方走，經過觀音溪，七二大流的殘跡現在正由鄉公所發包工程整治著。

4

觀音溪，族人稱呼為 Go-nojar，意思是「水流小得養不出大魚」，幾次的風災過後，我們再也不敢輕忽它的威力了。我想我們都誤解了老祖宗命名的涵義，這條河流並不是因為平常流量小而養不出大魚，實際上，觀音溪就和台灣所有的野溪一般，雨季一來臨，潺潺溪流即刻變裝成洶湧暴河，捲起千軍的力道席捲一切土石、大樹，洊流到出海口，自然也包括溪魚蝦蟹之流。

這條 520 林道土石道路是我童年上山的必經之途。經常是一邊走著，一邊查看沿途的竹雞機陷，如有收穫，即成中午的佳（加）餚，來到了父親向林務局申請種作的林班地，太陽還沒有高舉過觀音山頭，這時候，在大樹底下的山地刺瓜（野生刺瓜）就成為清涼消暑的水果了。可惜，「九二一大地震」震垮了林班地，將山腰切成峽谷，兩老曾經隨後採山，在山腳下對著撕裂成兩片峽谷的林班地隱忍的哭泣著，那山腰種植的不只是果樹，還有三、四十年的血與汗、拉拔孩子的艱困記憶。

從林道往右切入，休旅車開始顛簸在河床上怪手挖出的道路。

5

整條河川巨石壘壘，雜木殘枝像犧牲的士兵，廢鐵似的棄擲在戰場上。北邊山腰，童年的林班地果園已經是蔓草刺向天空，竹編的工寮歪斜著，看起來像是被砲彈射進腰部，痛苦的扭曲著。我倒是在河床上看到有株野花生氣盎然的挺立溪谷，鶴立在遍地雜草之中。我按下「立可拍」快門，一閃而過的影像，卻讓我升起風災後果農的軀體。

種植日本甜柿的果園藏在河右岸的山谷裡，三菱休旅車必須像戰車般仰衝才爬得上來。我停好車，看著三十到四十度之間的斜坡種上一排排的日本甜柿，果園的下方是一處鐵皮工寮，去年家族在此聚會烤肉的情景也像風災一般快速的奔馳在腦海。

失去了林班地之後的果園，父親意外地又暫獲此處的山坡地。前幾年父親同父異母的大姊因病去世，彌留之前深感自己未能盡心照顧唯一的弟弟，即以疼惜的心交代讓父親無償照管山坡地七年，如今已經是第四年，四年來這片面積六分多的山坡地並未讓父親獲得豐收後成正比的回饋，但父親依然有如懷抱著孺慕之情，每日趕早像承接晨露的草葉來到山坡地，一如傳統上克盡職責的農人。

6

母親把自己包紮得像阿拉伯回教徒，露出兩粒帶笑的眼睛，眼睛周圍的面龐卻是密植著晶瑩的汗珠——母親是虔誠的基督徒。

向四周伸展的甜柿樹結著顆顆精壯亮麗的甜柿，每隔三棵甜柿樹底下擺放了黑網編織的籃子，籃子裡是或大或小的果粒。母親撥開泛黃的套袋，指向被啃噬一半的甜柿說：「鳥吃的，因為甜。」日本甜柿的甜度比台糖市售的精選白糖還要甜，山林裡的飛禽永遠比人與科技還要敏銳好果實與否？特別是猴子。當猴子只是一隻兩隻出沒時，那的確是精靈可愛的台灣獼猴，如果牠們三、四十隻成群結隊的來到果園，這就無異是果農的災難，因為牠們已經成為孫悟空的化身——潑猴。於是滿山遍地的甜柿園必須架起白色或黑色的攔網，遠看就像是森林裡驚起的黑色波浪。

父親曾經放兩三隻混種狼犬守候果園，不料還是遭到潑猴們戲弄，搞得狼犬齜牙裂嘴多日瘦累了齒牙，最後只能了無生趣的看著飛天遁地的潑猴耍馬戲，父親終究還是花了額外的金錢設置攔網。

7

我請父親笑一個（上網當模特兒），父親仍舊維持著嚴肅的日常面貌，就像他對待果園的態度——一絲不苟。幾年前我希望父親透過直銷，這樣可以免去中盤各種名目的苛扣，等到青果行寄來賣單收據，父親一句話都沒有說出口，蹬上搬運車，開到了果園。我檢視著被丟到地上的單據，十三箱6A~12A（台兩）的甜柿總共才二千多元。後來父親直接賣到鎮上果菜市場，但是欠缺孰識的買主，果販發揮吹毛求疵的功夫，將父親的甜柿價錢壓得比大安溪還要低。直到這一次，父親才默默的承認自己拚不過市場機制，答應了我資訊網路的直銷。

我其實是不忍心，父親雖然擁有豐厚的土地知識，也堅持土地倫理，缺的就是對新市場的應變。總是認為自己生產的量讓人笑話，對於加入農會成為甜柿班員總是羞赧的婉拒著，說是會拉下農會質量的水平，其實父親栽種的甜柿是整個部落結實最為碩大的，族人看了父親一粒粒山東大饅頭一般壯碩的甜柿，就央求父親討幾株柿苗，父親也是順水人情的挖幾株送人，就像是散財童子，家裡人頗有怨言，父親則應著：某某人的父親叔伯待人很好，年輕的時候教過我打獵……

8

母親是天生的模特兒，面對鏡頭很快的就露出笑容，母親的笑容貼在網路上一定可以吸引網客。我說介紹一下「富有」甜柿吧！母親趕快學著電視廣告上的陳美鳳，手握著一粒紅得像寶石的日本甜柿介紹：

富有甜柿，是台灣目前栽培面積最廣的品種。果實大，球狀略扁，果皮外觀紅黃色，成熟時轉為橙紅色，果汁多，高品質糖度在十五度以上。男人吃了英俊瀟灑，女人吃了年輕十歲，顆顆養顏美容助消化，保證你不會後悔，產期在九月下旬到十一月下旬，快來買喔，今年沒買到，你就要後悔一整年囉——

母親看起來才五十歲，其實年齡已經六十七歲，是日據末期出生在部落少有的書香門第，隨著外祖父逝去之後，家道也開始沒落。以前跟著童年的母親來到林班地，母親會先到果園下方的溪澗處取青木瓜洗臉，那是天然的保養聖品，但是母親謙虛的說，家裡沒錢買化妝品，只好用青木瓜洗臉。想來是陰錯陽差，卻讓母親的臉龐直到現在都還具彈性，富含光澤，宛如第一批新結的甜柿。

9

幫忙採果、篩選、分級、裝箱、上貨之後，陽光的熱度逐漸的發威了。

父親今年已過七十，中國的孔子不是說過，七十從心所欲，不逾矩，我曾試著勸說父親放下果園的工作，學學孔子的從心所欲，找找老友閒話往事，但父親的骨頭就是不能沒有一天不鬆弛筋骨，「土地放著不耕種，就會變成懶惰的猴子到處偷吃。最糟糕的是，祖先看到你的手掌是白色的，連彩虹橋都不讓你上去。」

我自己也已年過四十，到了不惑的年紀，但總覺得並沒有完全懂得父母親這上一代的知識，關於老人家對土地與勞動的尊重，關於老人家對土地記憶的深情——在後現代的今日看來，卻是從秤斤論兩的資本邏輯來量價，所有的土地都已經被品頭論足貼上等級標籤，就等市場經濟的運作來執行。這樣看似現代化的、精細分類的、有效率的交易，卻展現著無所不在的冷酷無情的本質。我這樣的四十所面對的世界，焉能不惑？

10

車過河床路，那一株傲然挺立在七二土石災後的野花，再一次讓我看到了兩老的影像，它也是千萬個底層人民的縮寫——一枝草，一點露。

二〇〇六年七月二十三日

住在水邊

「莫拉克颱風」來襲並非從南部開始，早在八月五日晚上，新竹山區尖石鄉部分產業道路已經遭到沖毀。我當時在竹東鎮剛剛講完第二天「鄉土語言文學創作」的研習課程，隔天即因「莫拉克颱風」而暫停研習。

後來，我們都以為「莫拉克颱風」遠颺而慶幸著。不料，兩天後的八月八日晚上，災情開始如狂潮從電視影像上奔襲而出，幾日之後，直升機飛入山區進行援救災民的行動，臨時安置區散碎在南台灣平原的小市鎮上，情況宛如十年之前我們所曾經歷過的「九二一大地震」，然而災情卻遠較「九二一」猛烈。

接通了南部幾位受災友人的電話，感到必須做些什麼事情，九月五日起，開始了災區的田野調查。

那瑪夏鄉（原三民鄉）的布農人卜袞，早在《山棕月影》一書中舉出了布農老祖先的智慧諺語：「水走過的地方，它還會回來。」卜袞頂著淬亮的光頭說著：「namasia（那瑪夏）就是指玉山的水滿了，溢出來，流下來的水，就成了namasia。」布農人原本居住在山腰，幾經國家力量的遷移之後，鄉內幾個村落大抵依傍 namasia 的河床上邊居住，結果造成民族村遭土石流掩襲，罹難者死亡與失蹤的族人共有二十六人，挖出九具遺體。

桃源鄉梅蘭村的海舒兒是一位國小教師，我們在旗山鎮「南方部落聯盟」辦公室外的騎樓下談著，深夜的海舒兒顯得有些疲憊，也許他被幾年前「越域引水」工程的炸山炸得有些恍惚，也許是連日奔波於幾個安置區而疲倦著，問到老人家對水的看法時，海舒兒回過神似地說著：「布農族獵人比較古老的說法稱水叫做 babas，意思是有毒的，布農作家田雅各也談到布農族是畏懼水的，譬如後來的種水田，這被認為是有毒的東西，裡面有惡靈。第二，布農族在選擇居住的地方形成一個部落，一定是遠離水，遠離河川包括支流，或者它曾經是河川走過與大水走過的地方，我們會選一種不是從河川來的水，是在一個地方莫名其妙冒出來的水。」

「水是有毒」的說法驚嚇了我，仔細的思索，布農人的觀點說的是，我們渺小的人類必須敬畏水的力量，中國古老的諺語不也說著：「水能載舟，亦能覆舟。」

當好茶村在「莫拉克颱風」中整村被掩埋的消息傳來，還能不思考布農人視水為 babas 那種戒慎戒恐的觀念嗎？魯凱人歐威尼・卡露斯盎在燠熱平原的三和村遠望著雲霧裊繞的舊好茶時，說著：「失去了文化，一個民族就不再優美了。」歐威尼・卡露斯盎至今仍是少數重返舊好茶居住的族人之一。

我們泰雅人也自謙的說著自己居住的地方不好時稱作「水邊的人」，其實台灣原住民各族早已累積了如何與台灣山海共融共存的智慧，只是我們輕忽了祖先的故事與話語，許多部落都已經被遷往臨河之地，成為與災難與共的「水邊的人」。

二〇〇九年十月十日

輯三　城市之前

- 人，即使是被視為最下等的人，都有權繼續過一種有目的感、有自我價值感的生活——一種尋常的生活。
- 歷史再如何黑暗，夜空也會點綴星月的光芒；烏雲即使完全遮蔽星月，那些光芒也會安放在人心的某個角落，直到甦醒、直到周而復始的災難戛然而止。

世界正萎縮成一顆橘子

這幾年，陸陸續續去過幾個國家，去年底（二〇〇二年）又應文建會的台日文學交流得以參觀大阪、京都、東京等地，特別是與日本文學界的互通交流，感受到文學的水流穿透地域、種族與國家的硬石。

在京都，走在清水寺步步升高的石階，看川流不息的各地（國）人等，除了對寧靜美景與豐美的人文歷史的探索饗宴之外，也感受到地球正在快速的運轉，它將黑白紅黃膚色的人群扭轉到全球觀光的風景明信片裡。金閣寺燦黃的樓頂彷彿是黏貼在翠綠的山景之中，到了觀景動線的盡頭，一處樹蔭下的茗茶小店正等待著急躁的旅人放緩腳步，停下來飲一杯山茶，最好是伴隨著一首山趣盎然的小詩，在後現代快速、拼貼、扭動的生活變貌中，一首純粹的詩正足以抵抗誘惑心靈的物質主義。

我與夏曼．藍波安來到日本，一位是呼吸山的靈氣，一位是徜徉海的心臟，卻都是徹徹底底百年前「蕃人內地之旅」的翻版，在圓弧狀座談會上面對著曾經是殖民台灣番人的日本閱聽人後代述說台灣原住民文學時，我不無誇示的說著泰雅的文學像山那樣高，卻野生在崇山峻嶺之間；達悟的文學像海那樣深，卻潛藏在湧動不息的洋流之中。可惜的是城市的高樓大廈，阻擋、偏滅了人們眼睛的深度與視野，現代建築物有如移動、矗生的鋼鐵魔神，逼走都市文學的身體自我檢查方圓十尺的哀榮興衰，以致心靈的欲望無法脫逸在山海的世界裡，於是我們只好出山出海讓你們看清楚什麼是台灣原住民文學。這樣引來日人的側目與鬆解情緒的笑聲。

我們以為我們帶去的台灣原住民文學的圖像正在穿透地域、種族與國家的硬石板，但是當各種詰問像一支支歷史的箭緩慢逼近被殖者的靈魂時，我們知道我們正是以一頁一頁殖民想像的面貌被檢查著，彷彿原住民文學就必須是人類學殿堂收藏、整理、歸類、編檔的「那種」百年圖像才是「真實」的原住民文學，因而海洋民族的文學就「必要是」航行海洋文化，因而山林民族的文學就「必要是」刻鏤大山文化，因為除此之外就無以「彰顯」、「確認」、「標定」原住民文學。原住民文學一方面因為「原住民」的特質而備受矚目，卻也因為「原住民」的人類學式檔案而限定了可能飛向寬闊天空的欲望。因為大家看到、看重、想看的就僅僅是傳說中的原住民，而不是文學。

一百五十年前，藉著蒸氣輪船來回美國與歐洲的小說家亨利．詹姆斯[1]向以國際性的題材而聞名於世，他意識到文學作家的地圖不僅僅是地理，更是描摹刻寫世界快速變動的歷史，變動的歷史來自於複雜的命運，而文學承擔的責任之一正是面對複雜的命運。當他說「世界的規模正萎縮成一顆橘子大小」時，話語穿越時光的迷霧抵達一九九六年，在墨西哥原住民查巴達民族解放軍副指揮瑪珂士（Marcos）透過網絡 E-mail 給法國的耀飛先生一封童話般的革命故事裡，信的結尾驚人的重疊著亨利．詹姆斯的觀察，瑪珂士調皮的說：「請記住，全世界正藍得像個橘子。」

當全球化讓地球轉動得僅僅像一顆橘子大小時，你要看的是「原住民」文學還是原住民「文學」？同樣的，我族也要思考我們要呈現的是「原住民」文學還是原住民「文學」？請記住，世界的橘子正紅得像原住民！

二〇〇四年六月

1 Henry James（1843-1916），美國小說家，長期旅居歐洲，著有《貴婦的肖像》、《華盛頓廣場》等。

走過裂島的痕跡

一個人試著在某些人身上喚起第三者的注視，這種努力的結果通常是事倍功半，尤其是在攤開一張國家地圖，你發現自己落居的位置幾乎是被藍色的海洋掩蓋，僅僅因為掙扎而顯露出的小黑點不無羞愧的暗示。然而，這微不足道的努力證明了在地書寫可觀的延展性，透過記錄與書寫，翻過地球背面的南美洲作家波赫士，遠在六十年前就為我們加油打氣，他在布宜諾斯艾利斯略顯陰暗的圖書館正襟寫道：回憶的要素不在於事實的衍化，而在於持久的孤立的特質。

考古學家無所不往的證明某處早有人類定居的化石，通常讓我們的記憶上溯幾千年，「貝塚」這個引人注意的特點也同樣出現在裂島，說是五千年前某種喜食貝殼的人種在此活動（我將「定居」改為「活動」用以表達謹慎以及不願臉上貼金的態度），他們或者赤身露體在洞穴口丟棄食畢的貝類（想像敲擊堅硬貝殼的畫面），或者強烈的季風將他們吹到一座孤獨的島嶼僅以貝類果腹，這些史前時代的畫面就連金門縣圖書館藏畫冊也是闕如。實在難以透過裂島人民劃地自封的眼睛射入漫長時空的甬道，何況，近幾十年來海岸邊高起的灰白色蚵殼早已埋葬千年貝塚。比較具體的象徵來自中原典籍的紀錄，晉元帝建武年間（西元三一七年）中原地帶五胡亂華，有蘇、陳、吳、蔡、呂、顏六姓遷徙洛洲小島（金門），有些姓氏及其旁系掠過裂島或者登岸定居。一九九二年戰地政務撤除之後，藉著「小三通」（我們的說法是「小額貿易」）的經濟貿易帶動了文化的尋根，幾家大姓紛紛遠赴想像中的中原帶回失落的、模糊的、不可考據的以及家譜神諭式指引的堂號，讓象徵加上一頁歷史事實的證據。

透過我們所據以為真的史料加以拼湊出一段感傷或者繁華盛世的情調，通常是史家的筆法。裂島的鄉民就對以下的傳奇有著莫名的懷疑：「相傳裂嶼與金門原本相連，宋末帝昺為躲避元兵的追擊，逃到此地。這時山勢突然崩裂，帝昺得以脫險倖免於難，因此始有『裂嶼』之名。」地震不襲的裂島，使得鄉民的聯想經由經驗事實而加以懷疑是可以想像的，或許明末盧若騰在《留庵集》的謫居怨辭足以博得鄉民的討論：「島形狀如斗笠，稱為『笠嶼』」

「那裡像斗笠？」藉由「小三通」首度登臨廈門臨海大道的鄉人向東遙望家鄉時不禁露出了疑問。「像頭浮在水面的小獅吧！」有一位獅子座的年輕島民說著，我們相信他的意識形態織著全球化的星座想像。

我曾經對著天色未明便趕來岸邊的廈門「小額貿易」的船夫問道：「你覺得我們這兒長得像什麼樣子？」

滄桑的臉笑著說：「你不要笑話我了，就長得像人民幣嘛！海上的人民幣！」

這類鄉民式的討論著眼於自我生命的具體經驗，時間的沙塵早已將記憶墜成島嶼四周的海砂，已經看不到清晰而細微的影像，即使專家學者站在雙口村對著軌條砦指證歷歷的說：「宋元兩代在此設鹽場。」我們只能看到那些截斷鐵軌插入海岸中的條砦充滿兩岸敵情意味的寓言，或者是，當我們的親族來到夜黑風高的海邊撿拾海菜，卻讓防堵敵人的地雷（通常是戰車雷）炸成單臂獨腳，這還算是幸運的了。

許多人在勾勒裂島史總不外提醒民族英雄的來臨，「明末鄭成功於一六四六年在島上吳山會文武群臣」，吳山原本就是處漫不經心的濕地，鄭成功一定在更高處的乾爽地帶會見倉皇失措的文武官員，因為清朝盛大的部隊將他們趕往瘴氣、濕熱的南方，鄭成功倔著脾氣，經過幾分鐘的一言不語，他在思考應該以怎樣的言詞打動潰敗的隊伍。多少年來接受過西方影視薰陶的我們，可以看見蒙太奇手法快速的將歷史映現在螢幕上：寬廣的海面浮著犧牲的屍體；一位早期的移民牽著牛驚訝眼前的景象；夏季綠得張狂的葉面抖動著；一位果敢的官兵揮刀斬斃累馬的頭顱；不難猜測的陽光勢必惡狠狠的瞪著每張疲憊的臉；一群驚嚇的水鳥；遠方是廈門或更遠一點的中原的土地。鄭成功舉起一把劍，就像後來在台灣島上的作為一樣插入乾燥的泥土，甘美沁涼的泉水應聲噴出，這井水解決了疲兵困馬的猶豫不決，也塑造了神話裡的鄭成功。這一則神話卻沒有打動裂島上的鄉民，鄉民所記憶的也並不是解渴的泉水，歷史陰錯陽差的做了最壞的示範：鄭成功十萬兵馬伐木造舟，意奪熱蘭遮城。下田村「國姓井」雖然鑿於三百多年前，但源於大規模的伐木造成裂島百年飛沙走石，神話中的鄭成功在裂島僅只是帶領觀光客換取零錢的國姓井一遊。

我不打算繼續敘述鄭成功的歷史，因為波赫士說過：「只要在世界上還存在著一個有罪的人，天堂上就沒有幸福。」反過來看，只要在世界上還存在著一個神話般的偉人，現實世界裡的人民就沒有幸福，這一句話放在災難頻繁的世紀，也是言之成理。我們還記得大軍掠過的裂島草木皆兵，季風夾帶浪沙，吹裂鄉人的肌膚，隨著風煞帶進來的強風，讓白蟻聚殖迅速，牠們咬碎舉凡木質的建築物，白天黑夜不眠不休的咬囓即便是塗上各式各樣的漆料也無以阻卻，習於啄食的家禽——雞，透過鄉人異想天開的神啟式作用，雞被提升為宗教的高度，正如金門的石獅爺一般，裂島的風雞也衍生出鎮邪制風煞的圖騰。黃厝、西方、東坑、南塘等立有白色昂首風雞，風雞迎風不動如山，因為牠是近代混凝土塑成，不管如何，我喜歡風雞讓裂島安靜耕作的感覺。

然而，安靜的歲月在裂島一直以來就是短暫的。特別是戰爭，它讓鄉民的生命像罪孽那樣羞怯不安，我不知道在諸神與宗廟看來哪一件事才算是重點，一九五八年八月二十三日十七時三十分，歷史上的「八二三砲戰」將金門島搬上國際的舞台，在中共人民解放軍瘋狂砲擊四個多月之後，首當其衝的裂島鋒芒讓面積十倍的金門掃盡。那麼，裂島呢？我們記憶中的裂島看起來就像黃昏，黃昏的第一發砲彈落在麒麟山，我們以為麒麟山的國軍部隊正在演訓，砲彈打在岩層上發出清脆的敲擊聲，敲擊的聲音愈來愈密集也愈來愈近，有些竟然茫無目的的落在村子裡。你不難想像我們不可置信的表情，後來我們的家人躲在神桌底下，第一進門讓砲彈崩毀之後，神祇也不再能夠保障我們。有人說砲彈落過的坑洞不再落下，這類機率揉合常識的判斷讓每一個生命顯示出荒謬與無助。我們記憶裡的黃昏就此延續下來，接著，你們就知道所謂的「戰地」，你們不知道的是戰地中的裂島果然就與對面咫尺的親族分裂開來；你們知道了國慶閱兵的「自衛隊」，卻不知道自衛隊紀律與前線無異；你們也知道了金馬是台灣的屏障，卻不知道這屏障是血肉築成。

我把記憶中的裂島愚蠢的拼湊成情緒逐漸高漲的斷代史時，我忽然羞愧地想起北愛爾蘭詩人薛摩思・黑倪動人的詩句，黑倪的一位表兄弟在一九七五年一場族群衝突的濫殺中遇害，他寫了一首輓詩〈貝葛湖的沙灘〉，結尾提到遇害者的頭髮和眼睛沾染著路旁的骯髒時，詩人跪在茂盛的草叢中的屍體前：

我從雙臂底下抬起你，
把你放平。
以再度迸射出新綠的蘭草，
我編織綠色的肩衣，
披上你的屍體。

關於裂島羞怯而戰亂的歷史，我但願可以學著詩人「我用像低垂的雲飄下的

／小雨那麼細微的青苔，為你擦拭乾淨。」此時此地，我必須告訴你裂島就是裂嶼，裂嶼就是今日的烈嶼鄉，你們所習慣稱呼的「小金門」。

二〇〇三年三月四日

烏石柔軟

我們的社會現實日趨紛雜八卦的模樣——夾雜著爆料、嘲諷、仇恨為根基的日常敘述——像三廳編劇那般奇思異想的天馬劇本，已經在通俗而低下的戲劇節目唾手可得，只要不願繼踵其後，現實的模樣依舊找得到誠懇樸拙的口述傳統：集合幾代人的智慧，回憶的本質不在對事件的衍化膨脹，而在於持久勞動的孤絕。這種人文的本質是我們的無知所具存的，儘管不假外求，我們卻疏於檢視。

勾勒以「烏石」命名的地誌，台灣鄉鎮聞名的有兩處：台東「烏石鼻」，是觀賞潮間帶海洋生物的最佳去處，也是東部潛水和磯釣的天堂；「烏石港」曾經是蘭陽第一大城，頭城的重要門戶，如今轉型為觀光休閒漁港。至於宗教信仰的「烏石媽祖」，為宋咸平二年，以黑沉香本所雕，迄今已逾千年，為當今世上所知最古老的媽祖寶像，這尊媽祖供奉在大陸漳州漳浦烏石天后宮，此為後話。我的重點在於鮮為人知的——烏石坑。

烏石坑坐落在大安溪支流烏石坑溪沿岸所形成的聚落，「坑」意指山谷中的小窪地，「烏石」是指烏石坑溪沖激出土的上好硯材。讀過漢書的老人家說過，硯的石質，重要的準則是石材內沒有雜質，硯石細膩，以手按在磨墨的硯堂上，就像摸在小孩細膩皮膚的觸覺，又有冰冷和水潤的感覺。石質佳美是一般研墨實用的基本條件，也是好硯的最重要部分，然後再觀其石紋、石眼，最後才是看其雕工，好的雕工是就採得的原石，依其形狀適度雕琢，渾然天成，其雕琢與硯石相得益彰。簡單的說，烏石捧在手掌上，夏天也覺得涼快。等到六〇年代之後，出礦口給盜石人挖空，一次暴雨的襲擊，大自然以巨石封沉了礦口，材質最佳的烏石就拱手讓位給濁水溪的螺溪石。我不必證明這一則傳說的真偽，老人家留下來的一口烏石硯，如今供奉在烏寶宮與諸神一同俯察人情事故。

第一代來到此處的族民，並不清楚這條夏季狂怒奔馳的野溪名稱，溪水原來並不叫作烏石坑溪，而是當地原住民泰雅人口傳中一條充滿歷史情境的名字——爆出火花。第一代族民大致以台灣中部流散四逸的羅漢腳為主，他們簽下了賣身契，決定以自己飄蕩的靈魂向茫茫四顧的命運挑戰，告別了西部平原田疇與熟悉的街弄氣味，由日本警察帶領，越過彼時還是隘勇線的牛欄坑──裡頭攔著像野牛一樣狂暴的番人──隘丁喜歡以嘲弄的口吻恐嚇翻山越嶺的族民，族民面面相覷，第一次感受到不曾有過的類屬於「家族」的凝聚力，有別於一人吃飽全家飽的荒蕪歲月。族民深入荒野，理蕃道路間或出沒腰掛番刀、上下額一記青色文記的泰雅人，以神情溫婉的態度觀之似為無害，不知道是凜於帶隊的日警或是皇民教化之功。直到進入「爆出火花」──野溪蜿蜒如蛇、兩岸巨木蔽天的森林地帶，族民始知「伐木工」的印記將寫上日後的族譜。

東勢林業博物館原藏有「木馬」，今年五月十三日在火神光臨之際焚毀殆盡。我不想重述火神在暗夜中暴烈的行止，歷史上已經不乏灰飛湮滅的殘酷記憶，讓我們重回第一代族民的荊棘紀錄：「肩背兩側結痂的傷痕是木馬人的勳章。」這句底層人民的語錄並未記載在任何一冊官方的典籍頁面裡，卻足以透過耳膜直達腦海，重構一幅一幅電影手法需要展示的畫面：隨著山勢矗立的森林；上下起伏的木馬道上，脾氣直拗的木馬人操作木馬；氤氳的森林有勞動的汗水；一列泰雅人走在獵徑，發出難以理解的招呼聲；鳥飛過林梢；山谷炊煙處，一棵棵躺死的巨木在集木場上。木馬是由兩根六呎多長的赤柯木製成，兩頭削成往上翹起有如雪橇型式，中間以橫木連結，中央一根則是作為工人扛在肩上的支架用，前端以繩子拉出，作為工人拉木馬的肩帶，運送過程中，每八至九呎並不時以油筆仔沾烏油點在軌道上，減少木馬運送過程的摩擦力。木馬人不畏上坡，氣力每天都灌得飽足飽足，一雙小腿不輸原住民泰雅人，小腿肚蓄積岩塊似的堅忍，就害怕每一回下坡的路段，只要繩索禁不住巨木重力加速度而扯斷，連人帶木將一同摔落山谷。因為生活像螻蟻那麼卑微，我們不知道哪一個族民的經歷在天上諸神看來是重要的，雖然偶爾的事件洩漏感人或者粗鄙的事蹟，可是膜拜與敬神依舊支配第一代族人的想像世界，就在今日通往山村國小分校的大橋一端，左邊有一座小巧的土地公廟，在上個世紀四〇年代，族民上山下山，總要合十靜禱求取平安，因為人間太紊亂，諸神過於忙碌，第一代族民在每個月總是有人摔落谷底，宛如輕盈的紙片翻飛著。

諸神揀選過的族民，在光復後產生了第二代，但是二代族民依舊身無長物，卻有了根深柢固的簡陋工寮形式的家屋，原因是第一代族民經歷著過於痛苦的生活煎熬，帶動枯燥而匱乏的心靈世界來到二十里外的小鎮尋歡作樂所致，貧窮是台灣社會五〇年代的傳染病，它的附屬產物是自卑，但在自卑這一枚毫不起眼的錢幣的背面卻是愛面子。二代族民繼承了第一代堅忍不拔的性格，在巨木群砍除殆盡的山坳裡向國家申請了耕地權，幾何圖案的果園於是在雪山山脈南麓闢劃出藝術家也無法達成的圖案，他們也逐漸蛻變成安身立命、扎根於土地的「山地人」——有如電腦程式改進版 Beta2.0。

烏石坑溪右側平台與兩岸山谷開始熱鬧了起來。二代族民急於搜索有關血緣的標誌，那些曾經散失於西部平原，乃至於越過黑水溝的異鄉故土，最早興建成聚落的是唐山寮，阿山寮繼之，後有七棟寮，它們分布在烏石坑野溪兩側或寬或窄的小台地上，從西部迎來灰色的香火與堂號，在整座大安溪史稱「北勢八社」的腹地備極艱辛的站穩了根據地，開疆闢土的燒焚整地不比拉木馬的工作輕鬆多少，勞動的影子看似與榛莽搏鬥一般，成為一位盡忠職守的果農必須經歷果樹芽苗的腐爛獲致啟示，關於土地的知識，並不如第一代只要蠻力即可生存，族民在幾次的果子變異當中，體會到知識與經驗的互通，他們必須比拉木馬更要有耐心、更寬容、更理智。

時光是一條河流，每一段水流是如此清澈無比，但陽光下反映的光影卻又何其相異。在前一代的土地知識底下成長的第三代族民，他們的雙腿慣於奔馳在土石草茨上，七〇年代的教育普及化使得族民越過溪水來到木造小學就讀，文字的閱讀深入胸脯，讓每一顆跳動的心臟有了翅膀的種子。開山作農只是面向世界的其中一個卑微選擇，他們邁開前行代遺傳下來矯健的腳步，戀物癖一般的汲取異於山村的商業邏輯，等到飛黃騰達，穿西裝、打領帶，開著雪亮雪亮的轎車刷新黃昏的山村，不要忘了常民的勞動記載著隱密的連續性，族民儘管華服上山，土地公廟前依然要頂禮膜拜，讓香煙嬝繞，讓福德正神看到開山的族民，在岩石淬煉下的軀體，有一顆顆柔軟的心。

上一個世紀的最後一年，「九二一大地震」地龍翻身，牠的頭部正好從烏石坑騰躍而起，或許是族民柔軟的心志安撫了碎裂的山岩，或許是土地公憐憫苦難的命運，幾年之後，滿山遍植了日本甜柿，甜度與硬脆媲美隔座山甜柿專業區的摩天嶺，甜柿祭如期在十月盛產期開幕，敬奉諸神的烏寶宮擴建落成，「一顆柔軟的心，才能栽培又脆又甜的日本甜柿」，作為第四代的族民，這句話就像土地的格言。柔軟的心要有強韌的生命支撐，就像柔弱的河水要有堅硬的岩盤承載。假如你循著第一代的腳步前進，由東勢客家小鎮通過牛欄坑，產業道路帶著你越過穿龍，左側大安溪湯湯流盪，這樣就接近烏石坑口，再往前，一座矗立高挺的牌樓，兩側的祝文指引你來到故事的起點：

風調雨順　烏石坑境天惠物阜民康樂

國泰民安　寶宮地聖母庇人文毓秀昌

這是一座持久勞動的社區，前面的篇章只記錄了幾代人交付的事件以及命運所留下來的痕跡，我覺得故事的正文現在才要開始，因為文字本身就是故事的隱喻，隱喻將帶領我們進入族民的心靈版圖。

二〇〇六年七月九日

城市之前

筏子溪

這個夏天，就像每一次梅雨過後，日頭忽焉激起氤氳，然後數個颱風追趕逝去的霪雨，潮濕與溫熱並蓄在碗似的盆地，曝曬在陽光下的泥土揚起了塵埃，也許是獸蹄，或者是人類的腳掌，使之沉沉浮浮於空氣之中，定睛細看，就像是光天化日底下的淡黃色穹蒼，一聲悶雷，午後一場急雨擊落塵埃宇宙，天地復歸澄清，於是，你知道，這個夏天降臨了。

在夏日，人們的腳步很少走向高處的山，雖然高處遠比平地要來得涼爽，這卻是高官富商避暑的行徑，常民的雙腿遺傳著苦難與搏鬥的記憶，解除千百年記憶帶來的辛苦，唯有走向低濕的河川，湖水和海水不是人民記憶的水，湖水太安靜而海水太鹹，只有河川裡流動的水流才是水。古人造「水」字是有著河道、漩渦和沙岸的完整的河的形象，雙腳深入水中，暑氣便消了泰半。清康熙四十四年（一七〇五年），駐軍嘉義的台灣北路營參將張國越過八卦山北進，他看到了寬闊的烏溪，看中的卻是筏子溪一帶的地沃水豐。張國在筏子溪兩岸探查，一定也看到了「州」——一段河岸被彎彎曲曲的河叉圍著——蘆葦翻飛，風吹動葉面末梢，魚兒啃囓著水底的青苔。他揮著手，徵詢了地理師的暗示，指揮隨著兵馬之後的墾戶十數人、百數人，「就是這兒了，」張國或許還留下一句安定人心的智慧之語：「河是生活的中心。」

正確地說，河是初民生活的中心。三百年後，清澈的水面與覓食的水鳥成為稀釋的記憶，寬廣的河面凝縮成遲滯不前的水畦，筏子溪不再有竹筏漂蕩。我這夏天的腳步，將走向哪一條消暑的河流？

犁頭店

沿著街上走，夏日炎炎，汗珠滴在地上清楚的發出鐘錶似的滴答聲，因為街上杳無人跡，天空很高，鳥飛得極遙遠，最後隱沒在雲端成為逗點。我注意著我的腳步，街上是青石板，得得得得——聲音愈來愈脆響，不是電影的聲光效果，聲音帶著草莢與泥土的味道，它們一件一件從街巷奔來，最後匯集成為「鏘鏘鏘鏘——」的刀斧聲，我不用轉頭也知道刀光劍影讓陽光阻去去路，我就在光影的迷途中醒來，是誰說，夢是生活的出口？

我檢視著我，我是在犁頭店，犁頭店三角街還留有百年傳統店家，巴洛克式風格的建築物見證風華過後的滄桑。乾隆二年（一七三七）《台灣府誌》記載：「犁頭店街，距縣治東北三十里……」，這時候還只是一條街，甚至還只是穿山甲穴位的凹凸不平的街道，每年端午來臨，落戶墾民穿上木屐，來來回回重踏地面，要以磅礴轟然的巨響嚇醒嗜睡的穿山甲獸物；端午發聲，要以腳掌的力量向土地挑戰，點醒子孫努力工作。這樣的端午遠離屈原的國殤，龍舟、粽子是故國的風土傳奇，就在筏子溪源頭那群山萬壑之中，有腳掌賁張善攀爬、面上刺墨如山靈的雞爪番[1]，他們靜如處子、動如脫兔，自莽林草叢間穿出獵取靈魂，墾民驚呼「出草」，於是魯直的菜刀鍛鍊為銳利的刀刃，打鐵的風箱鏜出火紅的烈日，刃之不足乃聚成兵，兩手拿著斧子揮擊來犯。洗練發光的鐵砧是保家護土的歲月敲打的魔鏡，百年之後，「慶隆犁頭店」店招仍舊煥發刀劍鋤犁的堅持。

在初民的犁頭店，「我」就是兵器，一把手握著兵器、捍衛鄉土的戰士。

大墩

七月天，白日悠光，天亮的一天比一天早。早晨醒來，騎著腳踏車，怎樣也追趕不及天光，它總是比你早一分鐘起床，然後畫筆一般，很有層次的，一抹一抹，抹出鵝黃天光，有些建築物，或許是土堆、丘陵，撥開了黑夜漸漸探出頭，像安靜的貓，對，就像貓一樣的寓言，帶著我們的腳步前進，你甚至可以穿越到盆地還是水鄉沙洲的沼澤時期，也許你看到了男孩小來[2]奔跑在潮濕的草原上，追逐著蜻蜓，喔，不，五歲的小來已經將小獸視為玩伴玩著躲貓貓的戲劇。那時，還有更多我們未及認識的人類，你見到了，都不知道該如何打招呼。

1 文獻上指稱的即今日泰雅族。

2 二〇〇一年，在台中市七期重劃區發現了大約四千年前史前遺跡的惠來遺址，出土文物有兩千年前與東南亞互通貿易的證據，以及和東部地區先民互通的器物，足證當時先民與東南亞諸島及台灣本島東岸之間的往來密切。

整個盆地，有巴宰海、拍瀑拉、巴布薩平埔族人，媲美奧林匹克的走標競賽，茅草都要自動讓路，女人看著自己的牽手鼓舞歡呼著，才不是典籍上「在明朝時期尚未開發，偶見平埔族人」如此輕描淡寫的紀錄，你可以說他們很害羞，擔心遇見穿很多布帛的異人，他們太容易受到外界的感染，特別是流行性感冒。等到「隨著漢族移民不斷的移入」，他們果真走標[3]到埔里盆地，像逃避災禍一樣的奔跑，留下來的，按年繳納「番餉」以示歸順服從，後來呢？後來他們都流進我們的血管裡了。

走在三百年前還是沼澤、溪水、林木交織的土地上，沿著台中公園向南延伸的小丘而築的街屋，曾經是隆起的土丘已經剷平，那是一棵棵幼苗破土而出的形象，也是墾民聚地為主安身立命的寓言。「大墩」不僅僅是隆起的土堆，鴨母王朱一貴起兵反叛（一七二一年），康熙遣提督藍廷珍來平亂，在「東大墩」建兩座砲墩以利防守，於是大墩多出抵禦的寓言，抵禦了人禍，人們才能夠進行與農業有關的種植勞動，才能夠繁衍子孫，這樣我們才能夠理解高本漢解釋金文的「土」字是一座清晰的男性「生殖器」的形象。

早該動手整理夏天的事物，防曬油可以讓我到海邊無憂無慮的游泳，髮夾夾攏風吹飛揚的黑髮，一雙夾腳拖鞋帶領我起伏於城市邊緣，速度要快一點，就要有合腳的耐吉球鞋，那傘呢？自然是遮蔽南國赤陽，討出一圈陰涼的秋天。

但我很少帶著傘，黑色合攏的傘像一把劍，英國紳士握住傘彷彿是用來追悼日不落的榮光；都市行走的傘，高高低低的飄舞著，容易生出蝴蝶的象徵。沒有了傘也未必就失去了涼爽的秋氣，你可以走到台中公園，在青色的湖畔周圍盡是長滿氣根的榕樹，我卻鍾愛梅川東路的茄苳樹，三代的茄苳同氣連枝，茂密的枝葉綿延出綠色的秋天。

樹該多老才能夠成為神？三千年足不足夠？老人家翻翻古冊，口中喃喃：「山不在高，水不在深……」，早年的居民遇到諸身不適，便來到老茄苳樹下，取茄苳心以火水煮湯，想要喝得順嘴，就搾汁沖蜂蜜，效果非常靈驗，於是諸事不遂，紛紛前來茄苳老公面前卜吉凶，或許口耳相傳，老茄苳樹逐漸升格為樹神，高十三尺，繼生二代三代株連，延伸四周約六百餘坪地。老人瞇縫著眼，對

---

3 走標是平埔族習俗，為了打獵及戰鬥的跑步訓練、賽跑。

著老樹說：老幹逢春日日春，一聲鼓擂驚天地。

我知道倚在茄苳王公廟的鼓是日治時期由日本本土海運來台，是有八十幾年歷史的均安宮櫸木大鼓，其聲如洪鐘，動人心魄。但我不是來聽鼓聲，而是來聽樹的聲音，樹梢的雀鳥有歡快的生命，嘶吼的蟬鳴有生命的堅持，一座城市該有條河流，更要有千棵萬棵綠樹。有人說，樹是城市的心臟，我要說，老樹是一座城市的靈魂。

城牆

很多時候，事物保持沉默的姿勢，它們緊閉著嘴巴，深怕洩漏什麼祕密似的。例如石頭，你用手指關節敲敲，有時清脆、有時沉悶的聲響傳來，但那不是它真正的聲音。這時候，我喜歡走走逛逛，翻翻書籍，有些細微的線索讓事物逗引出聲息出來，你知道，是我們人附加了千千萬萬個事物的聲音。

城牆就是個明顯的證據。

沼澤般的盆地為何需要城牆？犁頭店街、大墩街、三十張犁、四張犁、大墩等聚落踩實了鬆軟潮濕的土地，稻田一畦畦軍營般圍繞的聚落，大陸的貨物從鹿港運來，於是市場出現了，人多了、嘴雜了、交易有了紛爭，於是鑒請都司排憂解難，鬼神厄運交由興建的藍興媽祖問卜化吉，這時候有人想到了牆，不是一面牆，而是四面足以將「我們」圍起來的牆，在牆裡面隱含著定居與安全，更重要的是，感知禍福相倚的命運共體感，只要第一顆夯實的長方體土石埋成牆腳，一種沛然莫之能禦的力道向前奔馳——這時候，誰也無法阻止城市的興建了。

在夏日的台中盆地行走，我喜歡探索城市之前，記住了之前，我的腳步才知道該走向哪一個方向，而不致迷失在日益鋼鐵化的城市迷宮，理解了城市之前，我的心靈才得以放鬆、柔軟了起來。

二〇〇六年七月十九日

延伸練習

我們對事物的態度顯示出我們與自己的關係。

——法國當代哲學家，德瓦（Roger-Pol Droit）

鞋

——足下所著，蔽足以履地者。

午後書房

今日是漢族節慶的狗年初一，部落下方大安溪畔的客家庄白布帆偶爾發射幾記驅趕年獸的爆竹，爆竹聲不如黑夜裡來得清脆響亮，倒像是敗退的游勇散兵往天空發洩似的。老天在午後就不再冷洌如晨，於是幾位親朋好友走馬燈來到客廳外鐵皮搭架的騎樓一樣的小廣場坐定寒暄問好，總是一句「恭喜發財」手軟不打笑臉，討酒討食討話家常，有個醉得凶的族人來時已經不見腳上有鞋，歪曲步來的赤腳留下蜿蜒山路似的痕跡，離去的時候納悶地質問著自己：「鞋呢，我的鞋子呢？」彷彿沒有了鞋子就無法辨識下一個旅程，也就無法踏出第一步。

我並非是想像中的戀鞋一族，甚至，有的時候喜歡失去鞋子限制腳掌的輕快感覺，這似乎是源於我的祖先從來就赤足慣了所加諸在腳下的遺風。你可以在早期清朝有關台灣縣誌文言文紀錄裡看到我的祖先泰雅人被稱為「雞爪番」，其腳趾如雞爪般的張開，以利攀爬巨樹大崖。那個時代的族人果真行走如風，可以想像足掌肌膚經過千百年與土地廝磨，磨合成一路一氣的自然狀態，赤足似乎就是土地的一部分，就像獸蹄、根鬚、落葉、石頭、流水，早已融於自然界屬。但是，畢竟那樣的年代已經離我們遠去了，無從考察鞋子對族人煥發的想像。

童年的時候，我倒是見識了外祖母腳掌的威力。彼時部落還是一條碎石頭黃泥馬路，偶爾巨大粗壯的泰通貨運大車輾來，總是要驚動漫漫黃塵，就像日後觀看寬螢幕電影好萊塢出品的西部大片一樣，等到螢幕上的黃塵飄散殆盡，泰通貨運車也早已駛過部落奔向大安溪河床，這時候記憶的盡頭慢慢走來逐漸清晰的外祖母的影像，我的視點因為矮小而注意著外祖母膝蓋以下的赤足，那雙赤足穩健推移在布滿礫石的道路上，也像堅強的鐵板剛正不阿的踩過礫石，「不痛嗎？」我的聲音如今聽來已經變得模糊而膽怯。那時候我已經是就讀部落木造平房的小學生，老師鼓勵著學生要穿鞋，腳下一雙鞋是現代化進步的象徵，並以一雙黑得發亮的皮鞋為證。我和表兄表弟故意將木匠大舅的鐵釘撒在外祖母通往豬寮的小路上，只見剛正不阿的赤腳硬生生將幾隻扎得肉痛的鐵釘壓彎壓扁，彷彿外祖母的赤腳板走過柔嫩的小草地。我們於是感慨這外祖母是進不得現代化大門之林，是遠古泰雅祖先的活化石。

於是擁有一雙屬於自己的鞋子，在五〇年代是象徵整個部落社會進步的驅動力嘞！國小畢業我終於獲得第一雙「自強牌」黑頭白身的球鞋，通往客家小鎮的十三里產業道路經常在大雨過後即刻斷線，一個學期我們總要有一兩個月步行十三里外前往小鎮國中就學，也是赤足走到校門口十步開外，才將自強不息的球鞋從垂掛著脖子上取下，坐在水泥階上，以謹慎的雙手將鞋子套進溝水洗淨的腳掌，如儀式一般，站起來，大步邁向兩側椰子樹高聳入天的校門口，讓一雙鞋帶領我們進入知識、學歷的門檻，宛如現代文明的通行證。

至此之後，鞋子已經成為腳掌習慣的俘虜，鞋子帶領我們前往山邊海湄，鞋子帶領我們來到異地甚至國外（沒穿鞋子的赤腳旅客，可以通關過境嗎？）。鞋子似乎天生就擁有意志與靈魂，它帶領人類的腳來到運動場、工廠、辦公室、國會殿堂、豪華大廈，鞋子延伸了腳的視野，帶動身體內蘊藏的計畫。能夠不說鞋子是進步文明的推動者嗎？退一步想，至少也是進步的協力者。誰能想像一位現代人是沒有鞋子的？沒有鞋子的人意味著退居蠻荒的遠古世界，鞋子劃分了文明與野蠻的界線，於是也成為這個社會的仲裁者，雖然它並不說話。

不說話的鞋子坐落在書房的門後，木門開啟之後，就是醒著或是醉著的串門子族人，如果要和族人交際，就必須穿著鞋子帶領我來到族人面前寒暄問暖，「酒，夠喝吧！」「你醉了，該回家了。」午後的書房，鞋子靜默在門外，正在伺機等候某種計畫，不論是涼鞋、球鞋、皮鞋乃至於俗氣的拖鞋，我知道這都讓我與泥土隔上一層，讓我的記憶斷絕在文明的欲望裡，我決定不讓鞋子的陰謀得逞，就讓你擱淺在海洋一般的大地上，學著沉默的思考吧！

圍巾

——圍在脖子上的長條形領巾。具有保暖、禦寒、裝飾的功用。俗稱「圍脖兒」。

午後板橋市某和室

接連的幾日還是新年的延續，即使搭著統聯客運來到台北都城，年的象徵——鞭炮、紅色、春聯、宴客、爆竹、火花、恭喜發財——依舊充斥在日常生活的空間裡。

上午來到三重妻妹夫的網路倉庫行開工典禮，上香、祝禱、獻鮮花敬四果、燃爆竹、發紅包，一切行禮如儀。天氣微寒，白茫茫的霧氣鋪在河岸上，從十幾層樓的窗台往前凝視，台北都城宛如披上一層白色的圍巾，它們一直纏繞到北向的陽明山，然後與天色接織在一塊，形成漂浮在天空裡的飛毯。我們出門的時候，有人喊著天冷了，披上厚夾克、毛衣，卻意外地沒有人披上一襲圍巾。

為什麼沒有人披上圍巾呢？第一個浮上的念頭是，恐怕是沒有風吹，沒有讓風吹揚的圍巾看起來就不像是一條活生生的圍巾，如果你將圍巾放在櫃子裡、掛在椅背上、吊在衣架上，甚至於疊在床邊，它看起來就不如我們想像裡生活的圍巾，換句話說，不動的圍巾其實不是圍巾，它只是一個物件，一座死亡的圖書館。

圖書館裡的藏書必須被閱讀才會生出力氣、活出氣息，圍巾也類似於此。圍巾就像是一部無字天書，唐代詩人寫著：「臨行密密縫。」一針一線都織著天下母親的千言萬語，那些言語無法在孩子面前大剌剌的說出來，說了，感情就外洩了，一座外洩的言語即使在異邦也討不得感動，所以必須將它織在毛線裡，藏在城堡的窠臼，當它圍在最容易被朔風襲擊的外顯的脖子上，以脆弱的肌膚感受到圍巾的廝磨，讓毛線裡的隻言片語摩擦生熱，磨出一行熱淚、擦出情感的火花，這個時候，圍巾才生出了意義。

我們泰雅人的語彙並沒有圍巾的字眼，比較接近的說法是「Pala」，Pala 就是圍在身軀的衣服，母親們以水平織法將植物線（苧麻）織成一件衣服，讓一件衣服披在孩子與男人的身上，不論身處何地，都能夠感受到母親與女人織入的溫度。這樣說來，泰雅的衣服就像是擴大的圍巾，也是將圍巾的愛欲擴張了好幾倍吧！

當水平織法讓現代機器取代之後，圍巾已經不是從親人與愛人的手上覓得，透過全球化的物流，可以在百貨、超商、路邊攤、甚至在夜市唾手可得，即便是物廉價美、物超所值或者標榜昂貴的高品質，即便是歐風、美風、原住民風的各式圍巾，也都一併減損了手工所投注的情感，讓圍巾成為一披美輪美奐的博覽會——適於觀光，僅能如此。

在板橋一座親友和室風的寢室寫下圍巾的題目，讓我想起女兒在年前織下的圍巾，它帶著民族的古風，卻是織給自己圍穿，符合著八年級生「愛自己」的生命價值，也許再大一些，女兒會知道圍巾也是將愛擴而大之的行為，是一座情感內斂的城堡。

板橋城市的空氣逐漸冷了下來，回到部落，應該找出一襲圍巾，讓脖子感受到同溫層。

帽子

——戴在頭上，用以遮陽、避雨、保暖或裝飾的用品。

新店溪河畔十五層樓玻璃窗口

帽子是為了不讓頭髮過分張揚而設計的嗎？

七〇年代有位女歌星以帽子多而著名，她每一次的出場總要變換異於前次表演時所戴的帽子，雖然她的歌聲抑揚頓挫令人回味無窮，但是帽子變換速度之頻繁，不知不覺使人將焦點注意在什麼樣的帽子款式反而忽略了她的歌藝，以至於二十年後當她再度從新加坡重返台灣歌壇時，廣告詞上仍舊冠上「帽子歌后」之名，帽子已經悄悄的掩藏、消滅了她的歌聲，雖然那是七〇年代風靡著青春正盛的我所鍾愛的鳳飛飛。

正是在那樣的年代，稚嫩青春的頭髮剛剛開始懂得張揚，很快地就讓國中訓導主任看出端倪，早晨升旗後的操場，大致是每個禮拜一，主任會在男生的頭頂上趴伏著他的手掌，只要細緻的髮梢越過手掌的高度，主任右手手動推剪機就在頭頂上推出一道光鮮亮麗的飛機跑道，如果主任有意推出橢圓形狀，那就是名副其實的地中海了。這些被視為不守規矩的學生，在當天還會有個整整一天的恩典——不許戴帽。

那個時候我們剛剛脫離戴著一小頂黃橘色國小學童帽，我們鍾意的是上國中的大盤帽，代表著揮別幼稚的時光，加上黑白電視播映美國西部原野的影片，每位騎士戴著遮日避塵、兩側捲成半喇叭狀的性格帽子，在槍口噴發出子彈後，總是頂著帽子前沿，是那樣的瀟灑姿態吸引著國中時期的孩子們的想像，特別是禁錮在校園裡的心靈，西部大盤帽帶領我們的想像越過千山萬水，像是遨遊在地理課本上的彩繪地圖一般，欲望飛翔在陌生的南美洲、歐洲甚至於零下三十度的北極圈。

這樣說來，帽子並非是為了壓抑頭髮的張狂，反而是黑髮的延伸，是為了頭髮的自由主義思想作偽裝的。等到國中畢業，帽子逐漸消失在我們的頭上，彷彿是隨著聯考的過關，自由也被輕易地解放了，更不用說二年三年國民兵役結束之後，頭髮以無法約束的冒現主義胡亂奔放的姿態，恰恰與台灣社會的解嚴逆襲爭雄，就在這個時候，帽子先是以白底紅字黑字的布條形式死灰復燃，繼之以各式本真洶湧占領了頭皮上三吋的至高點。

你可以想像每個人頭一帽的奇異景觀，有的時候是王永慶台朔企業的白色帽子齊聚在運動場，像一隻隻溫馨的鴿子；有的時候是走出田埂的農夫來到首善之都的抗爭之帽，那樣就攜帶著憤怒的鷹喙般的帽子；當然你還會見識到效忠某種政治圖騰的綠扁帽，它們像一群群橫越沙漠投入戰場的綠色小戰車；等到帽子解甲歸巢之後，全球化的浪潮接收了帽子的隱喻，它們配戴在企業的、跨國的、消費的空間，進駐在我們日常生活的三餐領域，這樣的帽子就已經象徵了麥當勞叔叔蒼老而親切的微笑——早安，您好。

您好，早安！黑夜的色澤讓新店溪水稀釋殆盡之後，從十五樓的玻璃窗口望著台北都城，令人意外的是腦海裡浮升的帽子竟是一頂藤帽，它像是從古老的地表躍出現代化的城邦，那是一頂抵禦日據軍警村田式步槍的堅硬帽子，有人試著將一顆子彈擊入藤帽，充滿煙硝氣味的子彈僅僅擊彎了某一條編藤的姿勢，然後失望地飛入樹林裡，我所知道的稗官野史也讓莫那魯道避過薩拉茂族人的子彈，使他得以苟活性命等到一九三〇年發動「霧社事件」留名青史。

白日將臨，客運車也將帶著我回到部落，我的長髮開始不安的飄動起來，該不該為了不讓頭髮過分張揚而戴上一頂帽子呢？我難以決定這哲學式的提問！

二〇〇六年一月二十九日

YAYAYA

伊娃．蘇彥從山林裡走了下來。藤編背簍帶負重物頂著額頭，額膚平滑似水，是歲月勞動的痕跡一絲一絲抹平的，等到額頭無力頂住裝材裝菜裝什物的背簍，很快的，時光就會添加暫置的皺紋，像深谷一樣鏤刻在臉部四周，形成一幅亙古的窮山惡水圖。伊娃．蘇彥盡量避免回憶出生之地，那是族人稱呼為「聚集樟樹的小山」之地，如今已被換置為中文字眼——中科。「科」字在早年客家墾戶命名時還保留著容易辨認的「山」部——嵙，去掉了「山」部，容易讓人聯想到離此三十里之遙的后里台地——刻正塵土飛揚積極興建中的中科（中部科學園區）。等到中部科學園區正式啟幕，可以想像報章雜誌案牘連篇的報導盛況，金碧輝煌的中科（中部科學園區）就要取代了沒落寒傖的中科。其實中科也早已經不是「聚集樟樹的小山」，現在豐原客運一日發車五班次的產業道路上，行經中科眾小山，三、四人圍抱的樟樹也已經調換成矮壯的粗皮大梨，樟樹急遽縮小，縮成尋常人家窗台前的一窩盆景，委屈了習慣呼天搶地的枝枒。

父親是從「女人之河」（大甲溪）過繼到現在的部落人家，母親確確然是中科客家墾戶的女孩，不知經過怎樣的轉折，伊娃．蘇彥在小的時候就已經看見母親美如水彩的文面，嘴裡吐哺著泰雅兒語，見到粗野的客家男人卻是以客語回擊，令諸壯漢黯然失神，宛如快速變異的魔術戲法。伊娃．蘇彥還能夠在車行產業道路上辨認著童年的稻田地，稻田圍繞著屋宇，夜暗寂下來，就與天上的星群圍繞月亮一般相映成趣。十歲遷回部落，埋伏坪蕃童教育所開始教導天皇的語言，ㄚㄧㄨㄟㄛ與泰雅語就像一棵棵樟樹，只是前者精密細緻如庭園山水，後者喜歡徜徉森林之中。父親當時已經是駐在所警部補，站立不動儼如一把亮燦燦的武士刀，有時來到十三里外的東勢角街道，父親行走在前，步姿筆挺一如漿燙的警裝，碰著都要劃出一道紅絲絲的血漬，過街轉彎必定是直角九十度，大概是日人敬禮鞠躬的延伸效應，兩眼直視前方，幾乎到了不看過去的境界，因而廁居在後的姊妹們貪看玲瓏小物倏忽一句嬉笑之後，父親已經不見人影。

蕃童教育所兩年之後，日本公務人員在某個清晨時分熱淚盈眶的離開部落，據說是一方黑匣子電晶體發出了神祕而痛徹心扉的召喚，「男人之河」（大安溪）的水流依舊發源自聖山——大霸尖山，聖山的上空卻已經經過一紙簽署而變天變節，部落族人的世界還是東面那幾座翠綠大山。那個時候，族人還無法洞悉文字的力量，特別是文字滴落在潔白或者黃豔豔的紙面上。土黃色軍裝的接收官員騎著馬匹通過四角林林場的戰備道，山林間升起陌生而罕聽的鐵蹄碰擊礫石的聲響，嚇得穿山甲抱捲成一顆鐵球滾落到大安溪河床。接收官員少了日警鼻下一節黑色毛蟲樣的短髭，卻多了雜草一般的鬍渣子，伊娃・蘇彥縮在父親的背後，詢問著接收官員發出什麼世界的語言？父親也是在短期國語正音班受訓之後才知道是「國語」，「大陸的話。以後妳就會知道了。」

十二、三歲的伊娃・蘇彥並不急著學「大陸的語言」，還是喜歡來到八雅鞍部山脈的頭頂，吹著樹木呼吸的氣息，聽著鳥獸飽含情緒的嘶鳴，然後等待夜晚披上霞衣、罩上黑銀色的披幕，遠方雪山山脈山腳下的東勢角就要點燃晶亮的燈火，一顆一顆一串一串，宛如星星墜飾別在大地上，日本書上寫著，這就是——文明。文明來得並不很快，文明總是在遙遠的城市開花結果，想要接近文明，學會大陸的語言是條捷徑，但是想到接收官員雜亂的下巴鬍，伊娃・蘇彥就覺得倒盡胃口，於是漫不經心的學著ㄅㄆㄇㄈ，卻喜歡學著山東老教師的口音：把拔馬媽巴比Q——將京片子摺疊成嶙峋山石。五十年後年近七十之齡，伊娃．蘇彥卻接上文明的軌道，開始學起了——國語。

伊娃．蘇彥卸下裝滿鶯歌桃的背簍，兩頰抹上緋紅的桃子邊矗立著一疊包裝箱，寄送的時候必須寫上中盤商的住址，泰雅人伊娃會握住油性黑色簽字筆，有時因為工作疲累讓手指發著顫，寫下來的字跡猶如稚齡孩童的畫符，依樣畫葫蘆的練字時光在記憶的膠卷蒙上羞怯的光影。初寫字的那一年，載貨運銷車還曾經退回無法辨認字體的水果箱，經過半個月發酵成熟的果粒，在陽光催照下益發洩漏濃郁的果香，果香過盛的氣味預告果粒超越成熟的界線來到了腐敗的高度，等到開箱檢視，水果顆粒像是見光死一般瞬即癱軟破裂成為一條條蜜汁的河流，竟連收回釀酒的剩餘價值也不存，突然讓歪扭的文字摧毀勞動的生產力。

部落國小舉辦老人識字班，伊娃．蘇彥第一個報名。識字班導師是位年輕的校長，在每週兩晚的上課時間，伊娃．蘇彥經常獲致讚賞，有些老人歸功這是因為伊娃．蘇彥有位國小老師的孩子，顯然這是顛倒次序的邏輯思考，特別是學習語言這回事。

伊娃．蘇彥並不清楚孩子的求學遭遇，六〇年代的部落家長誰會知悉孩子在學校所學到的事物呢！這孩子曾經上過一天國小附設的幼稚園，那一年九月的陽光亮晃晃，照耀著開學的石子路都活潑起來，這孩子攜帶熱情洋溢的學習的心情，卻不知道自己已經有個漢名叫做「吳俊傑」，等到年輕的幼稚園女老師發放美援牛奶呼叫小孩名字，自己才驚愕的奔向牛奶桶領受白皙的牛奶，直到不小心將鐵碗傾倒在地，驚慌與恐懼漫淹在乾硬泥地上，就是這一天，孩子再次頂著活潑的陽光回到山腰的工寮處，接續了一年的山林生活。

為什麼我叫吳俊傑？

為什麼在學校不能說山地話？

我不是有自己的名字嗎？

在學校被叫做吳俊傑的這孩子並沒有獲致任何答案，但是精美的書本迷惑了孩子的眼睛，書頁裡有文字的精靈跳動著，每個字藏著一則祕密，就像山林的草叢藏匿著竹雞、臭鼠、蛇蠍，只要安上繩套，祕密會在隔天清晨揭曉。但是文字的祕密卻不是繩套機陷就能捕獲的東西，那個叫作老師的大人在抽屜裡隱藏文字的藏寶圖，寶圖清楚的記錄文字的部首、文字的發音、文字的解釋，那被稱作「字典」的書籍據說是老師的老師。老師才擁有揭密的本事，所有部落的在學小孩謹而慎之的抄錄黑板上老師的板書作業，隔天測試如有不會行情價是一字一板，於是文字的學習伴隨著肉體的疼痛。孩子們都感到了國語文字摧折磨損人類的肌膚與心志，儿化韻的捲舌必須讓舌頭模仿蜥蜴舔食的能力，在一捲一縮之間發出讓老師愉悅的聲符；於是被視為方言的山地話（泰雅語）只能在校外的山野進行著，校園裡密布森林般的機陷密探，前後左右伸長了耳朵密告誰誰誰說了方言的小小探子，成果恆常是每天早上有人站在司令台脖子掛上「我不說方言」的紙板，這類景象我們後來在台視公布中國大陸現況遊街示眾的影片差可比擬，他方是因為說錯話，我方是因為說多了話。

六年的國小學習，山地話愈來愈生疏，因為考試不考山地話，考試只考漢字書寫的試卷，山地話成為部落之外無用武之地的語言，除了罵別族人。進入國中，十三里外的小鎮是非我族類的語言世界，從招牌到車票，巨細靡遺的籠罩著文字的力量，伊娃·蘇彥並不知道自己的孩子舌頭變了形，不知道孩子為什麼安靜如刺蝟？刺蝟也好，至少懂得用功讀書，聯考放榜只能選讀不用花錢的師專，孩子自從踏入小鎮，對文明與新奇早已安置心中，能夠遠赴中部大城就讀，也算是開了人生的眼界。後來每一個學期才回部落的孩子，以往馳騁山林的能力大致上被堅硬的柏油路面吸走了，怎樣看都像是山林走失的孩子。這個城市來的孩子，說起國語還要賣弄一兩句阿美利加話（美語），以顯示自己的不同凡響。整座部落其實在冥冥中被文明改頭換面了，年輕人穿著將大腿肉擠爆的ＡＢ褲招搖在馬路上，雖然稍一用力就會綻出裂縫也不改流行的志向；女孩子穿起迷你裙迷倒一堆雄蠅似的眼睛也要春光給他洩一洩。

讀師專的孩子有一天扛著半人高的樂器稱作吉他的回到了部落，錚錚鏦鏦的夾塊屁可（Pick）彈唱起來，有時民謠桔梗花有時世界名曲給愛麗絲有時民歌青鳥，讓音符在部落的空氣裡跌宕，說是古典吉他趁流行，實際上是一位山地的孩子為了打進閩客同學的友誼圈，不免苦練雨夜花、安平追想曲以饗同學，用以證明唱出台語歌曲是我們一國的剖心明志。就是這樣那樣在語言的國度衝絕網羅、粉飾太平、納為一國的日常生活演藝生涯，才在進入解嚴前後驚失某些關於部落的人文傳統，毅然在國際原住民年第一個十年的第一年（一九九三年）返回部落執教，讓一位曾經被城市拿走的孩子再次成為部落的孩子。

關於孩子的這一些，伊娃．蘇彥或許知道或許並不清楚，但我們看到了國小老師剛剛才從學校回家的身影，母親伊娃．蘇彥就著餐桌練字，一副老花眼鏡快下垂到作業簿上，早上持鋤頭的右手晚上握著寸管筆墨，老人識字班的作業簿要練習量詞的用法，例如：一（部）汽車、一（朵）花、一（張）紙……等等，像極了國小一年級的小學生。老人伊娃有個夢想，等到學會了國語漢字，就要用文字來記錄自己的一生，展示自己在五十年前就已經知道的力量。

國小老師並不致過分驚訝母親的勤學，因為自己的某些品格是得自母親的遺傳，甚至知道母親早學會了羅馬拼音。看著老人趴伏似的學生模樣，關心備至的說了一句泰雅話，他知道母親會喜歡的。

YAYA，明天給你買字典，字體很大的那種。

後記：YAYAYA，在我的母語裡，YAYA 就是母親，最後的 YA，你可以賦義比與任何詞彙，比如：呀、耶、ㄟ，甚至是網路上的 YA-HOO。伊娃·蘇彥就是我的母親，國小老師自然就是我的化身，我試著以小說的筆法遠距離描摹我與我的母親在語言學習的道路上所遇到的黑色喜劇。語言作為一種文化傳播，它已經鏤刻在我們的日常生活之中，我願意用數學上加法的概念面對語言文字，雖然語言也是作為一種文化霸權，特別是對原住民族來說，但我還是寧信多元獨立、花開並蒂，我因此特別讚賞西印度群島著名的黑人運動者賽澤爾（Aime Cesaire）說的一句話：「沒有任何種族可以壟斷美麗、智慧或力量。」

二〇〇七年六月十五日

舍遊呼

「舍遊呼」是我們部落方塊漢譯的名字，如果使用圓滑的羅馬拼音——Sr-yux，你應該可以發音正確一點，尾音的「呼」幾乎是無聲的，大概只有我們山林泰雅人的耳朵聽得出這近乎無聲的「x」音。在我們東邊山區老祖宗的起源地，「舍遊呼」指的是一種連善攀爬的猴子都難以登上的滑溜的大樹，大樹就在部落入口處，往上看就像一座山那樣高，但它沒有一座山胖胖的腰圍，而是像獵槍一樣直挺挺伸向情緒捉摸不定的天空。我的父親、祖父、族老的口徑都一致，更重要的是，他們經常帶著飽含情感的語調進行述說，你可以從呈現著深淺不一的黃褐色澤的眼珠子感受到這口傳的真摯，但是有文字的民族總是輕易的推翻了我們鎔鑄了幾千年的記憶，所以我們部落的名字只存在我們腦殼的記憶庫裡，只要一些日子不用，記憶就像缺乏關愛的倉庫堆滿了時光的塵埃，如今在文書資料一張張的白紙上註記著「三叉坑」的黑字，至今我們都無以理解這個字詞準確的意義，就像我們同樣無法理解為什麼可以任意更改部落的名字，我們相信名字、名稱、語言、生物是有靈魂的，祂們的秩序就是我們人類的軌道，這個簡單的道理就像你不能將一隻活躍在岩壁間的鹿稱作那是一匹奔跑在草原上的馬。大家都知道並且遵循這些禁忌與傳統，就像春天的雨水滋潤草木，我們就必須來到小米田感謝苗芽吸取了養分；就像午後的雷陣雨將山溝摔成發怒的棍棒，我們就知道必須居住在石頭滾累停歇的地方。所以我喜歡祖父生前唱出從祖居地分離時的頌歌，歌聲織進了時光的梭影，也暗示著祖先與泛靈對話取得的平衡：

你們將各自掛在溪邊的角落
這樣的話，但願你們尋獲兒女腰面寬廣的美事[1]

---

1 近人黑帶．巴彥在《泰雅人的生活型態探源》一書（新竹縣文化局，二〇〇二）指出，「腰面寬廣」，腰表示力量，面表示榮耀，全意即「為子孫勢力發展設想」。整個頌詞採取艱深的古語，今人多已無法解析。

然而，你們彼此不可忘懷，你們中間誰的袋底稍高的[2]揹網的肩帶將幫助你們，不妨去挨戶尋問[3]

後來掛著長刀與留著山羊鬚的日本人來了，他們說祖先的歌與獵槍是同樣的可怕，沒收了獵槍也沒收了我們的喉嚨，族中的男人失去了獵槍也就失去了求生的意志，部落失去了發聲的喉嚨也就失去了遵循大自然的秩序，於是大家約定 Mgaga[4]，將留著山羊鬚的警察頭顱祭拜祖先，緊接著像一座森林的長槍上山啦，還有兩個生著悶氣的機器哈路斯[5]給部落種上一朵朵紅火，我們只好告別可以觀看女人之河（大甲溪）的部落，踏著山羌羞怯的腳印躲到「居住河水邊」[6]的親族，敵人的追擊讓我們只能看著男人之河（大安溪）思念家鄉。隔了幾次小米收穫的時間，祖父從裹布的嬰孩成為茅草般晃動不安的小孩，雖然想要回到 Vai-Saurai（麥稍來）舊地，但舊地沾滿了 Lutux（鬼靈），幸好「腰面寬廣」的埋伏坪親族迎接我們到下部落，讓族人的心跳終於有了山霧般的呼吸。我們的呼吸直到遠方聖靈的來臨開始起了變化，從太魯閣大山的族人帶來一種會震動心靈的 Gaga，我們必須在「鬼火之山」（鞍馬山）鑽進岩洞啟動心靈的顫抖並以呼號接觸祖靈，據說這種「真耶穌教派」是祖先散失的弟弟傳下的，這讓埋伏坪的頭目有了我們是 Lutux 的藉口將我們趕離部落，再一次，我們又唱著遷移之歌來到大型動物飲水的地方居住，祖父沒有忘記邊走邊唱著：

讓我送給你們一張布之舌和枴杖的節[7]
願諸惡之風和荊棘的莿都閃過你們
願你們腳踏的地方平滑順暢

這時候已經是三顆灶石[8]的時代了，小米的種植也已經讓肥胖的稻米取代，

---

2 同註1，「袋底稍高」，意指「生活比較富裕者」，全句在告誡族人不可因富驕傲，而忘記了一同遷移之苦。

3 同註1，「揹網的肩帶」，肩帶如果不堅固，即使狩獵運氣好，也拿不回來。全意隱喻著「長老的賜福」。

4 Mgaga，獵首祭。

5 哈路斯是神話中破壞大地的巨人，他會毀壞作物，引起地震。在此指日本陸軍大砲。

6 今台中縣和平鄉桃山部落舊址。

7 意指祝願遷移的子孫懂得說話知所進退，並擁有排除萬難的信心。

8 國民政府到部落宣揚三民主義時說道：「三民主義就像你們山地人煮飯的三顆石頭，所以三民主義就是人人有飯吃。」

等到讓牛一樣喘的客運車走的路開好了，族人再搬遷到靠近產業道路的小平台，在一根鐵柱立起的黃綠招牌上，我們第一次看見了漢人稱呼我們部落的名字——三叉坑，有人說是第一個進來經營雜貨店的漢人老闆看到這個地方插上三把番刀故名，有人以地理學的觀點說明這是因為兩條野溪匯流呈γ狀所致，不論如何，我們還是喜歡以部落入口那一棵讓猴子爬不上去的 Sr-yux 來稱呼自己，我也喜歡祖父說心要像 Sr-yux 一樣直挺挺，做人要像 Sr-yux 的皮膚光潔坦白，但是政府開始要我們種植油桐，然後是麻竹，又接著梅子，然後是讓人吐血的檳榔，最後我們都不知道該種什麼才能讓政府高興讓家人填飽肚子，因為每一座山的大樹都不見了，清澈的河水泛著黃濁的汙泥，更糟糕的是，不分男女老幼人手一杯廉價的太白酒，誰會相信對人類有益的水會裝在鐵筒裡呢？但是公賣局的水麻痺了我們的想像，軟弱了我們的意志，也阻斷了我們和祖先溝通的話語，當我們不再唱祖先的歌、不再跳祖先的舞、不再說祖先的話、不再遵循 Gaga，我知道天空的臉就要變顏色，地下的靈魂就要不安，果然，還沒有迎接到千禧年，「九二一」先震垮了部落，這次沒有人唱遷移之歌，只有受傷的心靈和驚慌的腳步來到日據時期將我們圈在隘勇線的牛欄坑駐在所（日警派出所），為了要重建 Sr-yux，我們要學著將心弄直，要試著找回太陽下山後怎樣在寒夜裡彼此取暖，更要試著集合族人的意志成為一座矗立的 Sr-yux 樹幹，因此在四年後的「七二水災」，雖然山溝的大水再一次灌進組合屋，我們也只是將它當成鍛鍊的過程。這一次，我將重拾祖父的頌歌回家：

不論你們散落在任何溪邊的角落
不要渾渾噩噩過日子
不要像那掉落的葉子
願你們像星星一樣增漲
好讓你周邊的人稱讚你們、敬畏你們

看著部落打好的地基，看著族人圍坐計劃未來，記憶著祖先顛沛的遷移之路，我要說，對於部落認識的改變，就是改變部落的開始。

二〇〇八年九月二十三日

尋常生活

在黑夜籠罩的山村，不合時宜的雞鳴從窗邊躍起，在幾幾乎不能不被全球化了的深山部落，何以書寫簡潔卻暗含複雜的地圖？是不是沉靜的黑夜等同蒼穹般沉默，而保持沉默的壓力無疑是巨大迫人，不能抗拒。倘若僅僅是作為聆聽心靈深處的沉靜，我將毫無勇氣繼續書寫。黑夜中的世界，我看到有人安詳沉睡、孩子們在世界的角落睜著好奇的眼睛、有人尚且工作著、計畫與夢想並轡前進、騎著輕快腳踏車的旅人、低頭喝水、車道上一記意外的小擦撞、道歉、牧師在教堂祝福信徒，尋常的生活隨著地球運轉，在我喜愛的部落與都市，鎮西堡、京都、紐約、牛津、在阿富汗一座戰後的村落、在布宜諾斯艾利斯的圖書館，也許在午後的電影，一部敘述特洛伊戰爭的影片（你可以聽到二千多年前的阿伽門農告誡他的弟弟梅內來厄斯：不要赦免任何一位出身高貴的特洛伊人的性命。我們不能讓他們中的任何一個人活著，連母腹中的胎兒也不能——即使他們一定要活下去也不行。所有的人必須消滅，不能留下任何一個想念他們的人，為他們流淚的人……）我還從書架的空隙看到晨起的母親，在廚房清洗前一夜家人留下的碗盤。我聽到十年前的悲傷之語，愛德華．薩伊德與蘇珊．桑塔格相繼辭世的消息，他們的書冊如古代寓言靜肅桌角；再早一點，塞爾維亞發動種族清洗戰爭；一九九三年，黑色非洲東南方的盧安達，胡圖族清洗圖西族人。他們都一再提醒我們不要忘記，舞動民族大義大旗的往往是少數的政客。倖存者伊瑪奇蕾．伊莉芭吉札以《寬恕》一書對著殺害他家人的胡圖族商人費利先說：「我原諒你。」因為寬恕只有在暴力停止的時候才是可能的，這時候，寬恕是有力量的。「麗巴娜」，這個名字在希伯來文的意思是「月亮」。「薩姆」，是箭的意思。「阿瑪妮」，是很多希望的意思，雖然在《牧羊女的孫女》一書中，主角阿瑪妮不斷地失去希望。Salaam，阿拉伯語；Shalom，希伯來語，兩字均為和平之意，用作問候語，它們的發音幾乎一致。西元七世紀至二十世紀初期，巴勒斯坦一直是在伊斯蘭境域中發展出融合伊斯蘭、猶太教、基督宗教的多元文化。於是你可以看到耶路撒冷城是三教共享的城市，在歷史或者是語言的巧合，耶路撒冷，在猶太文裡的意思是「和平之城」（City of Peace）。而我知道，「和平之城」的耶路撒冷已經是以色列人的城邦，這對日漸遠離耶城的巴勒斯坦人不僅僅是「痛苦」二字所能涵蓋，這其中是否蘊藏著某種神聖的意義，當痛苦延伸為災難，當災難具體為難民，就在已然全球化的山村一角，網絡電纜正以億萬的碎形連接出活動的影像，你可以知道那是約旦河西岸的拉姆安拉小鎮，你看見那是備受蹂躪的迦薩地區迦薩村。他們都令我感到歷歷在目。書寫只有成為沒有盡頭的辯論——不是用以維持戰爭的工具——追求精確與公允的人道歷史寫作才成為可能。是這樣嗎？書寫維持著不屈從的姿勢，它才會成為人文主義與自我教育最有力的工具。黑夜儘管宛如世局，在一個脆弱和由人群建構的意義世界裡，書寫如何變得可能？

午後雷陣雨停歇在河岸，入夜後竟由暴雨接續敲擊山村。電視螢幕隨驚雷跳動幾下，愛德華．薩伊德《流亡者之書》攤開的一幅淺綠色地圖彷彿也在光影閃滅之間跳動著。在地中海東面、死海西側，一把向西奈半島砍下的刀刃狀地形，刀尖直指紅海。在一九四六年之前，巴勒斯坦土地充滿草綠色的圖案，就像中東刺繡綿密而複雜華麗的地毯。地圖作為某種宣示，它朝向明確的標的物與夢幻的記憶兩條平行線奔馳。一九四八年五月十四日，錫安主義者宣布以色列國獨立建立之後，曾經流徙千年的猶太子民換上以色列國民主新裝暢飲葡萄酒之際，六百萬巴勒斯坦人被以色列政府強迫疏散離開自己的土地，七十五萬巴勒斯坦人居住在現在已經成為以色列的土地上，僅有十五萬人留下，成為以色列次等公民。其餘約六十五萬人全都擠在難民營裡，這些難民從未放棄他們對國家身分和家園的主張。這些故事，眾人已知之甚詳，但故事的張力並不存在於終點蘊含的祕密，而是存在於前往終點的路途上，在那一步一步空隙之間所隱藏的祕密裡。難民營裡的巴勒斯坦人已經沒有祕密，他們的歷史既被圈禁圍堵又被暴露無遺。想像一條綿延不絕的高牆，牆頂裝著鐵絲網以及探照燈。以色列在約旦河西岸命名為占領區的土地內建構綿延七百二十一公里的八公尺高牆，足以將台灣島嶼圈圍一整圈。巨大的高牆為美軍設計、監造、施工，形體單一而完美，在砂礫、土石、山丘的背景襯托之下，極盡後現代荒謬無主的建築風格。想像你是一位巴勒斯坦人，面對一座白色純潔的高牆，你在自己的土地上撞牆，千山也許鳥已飛絕，萬徑早已人蹤滅，因為高牆不僅向上矗立還向下深入地下二十五至四十公尺，強化鋼材砲彈不侵，另附以千計的防爆監視器，以阻絕你這渺小的巴勒斯坦人自迦薩和埃及邊界地下坑道運送食品及醫療物資。海岸線上也已經封阻紅十字會援救物資運補船，以色列人可以慶幸。高牆也被賦予對未來的任務（並非想像），可以不預警將海水灌入迦薩，破壞、截斷現存地下坑道，並鹽化迦薩土壤，使占領區維持在不能改善到「發展」的程度，直到慢性滅絕為止。這是因為以色列人恐懼所有的巴勒斯坦人「只想把我們推到海裡」；因為兩千年前，猶太人在一場對抗羅馬人的絕望戰爭中失去了他們的自主權與國家，離開耶路撒冷的流亡猶太人發誓要回來，他們不斷重複《聖經》裡的這句話：「耶路撒冷，如果我忘了汝，就讓我的右手忘了它的巧妙。」因為「大屠殺」成了猶太生活的避風港，猶太人因「大屠殺」而可以自稱獨一無二、清白無辜和享有特權。因為，在以色列的土地上是「看不見巴勒斯坦人」。二〇一一年高牆幾近要完工，以色列國仍舊沒有宣布自己的國界，想像它細菌般蔓延的速度吧！著名的戰地攝影家約翰・伯格曾經以文字為我們敘述觀看災難的心理學：我看到一個婦人抱著她已死去的孩子一整天，到了黃昏她終於蹲下，放下孩子，那情景看起來比她緊抱著屍體更讓人心痛。……我站在那裡，覺得自己不是人，已沒有肉身，像個鬼魂般待在那裡，在別人眼中已經隱形。的確，我們早已隱形在快速流動的資訊與影像，我們早已在爆炸的媒體訊息裡被抽乾了血淚，如鬼魂般活著、吃著、走著、消費著。然而我們真的可以在飢餓、悲慘與死亡的水面輕輕踩過、無須跋涉而過，就真以為記錄、認識、理解並同情了他們？請告訴自己，即使在暴雨來襲的黑夜，容許自己成為勇敢的人，有理由的時候，也會痛哭失聲。好嗎？聽聽這詩歌：

記下來！我是阿拉伯人
沒有名字、沒有頭銜
是一個國家裡的病人
招人怨怒

——戴爾維什的民族詩歌〈身分證〉

毫無預兆的地動從深黑的地底緩慢跳拍著，節奏延續著「九二一」的記憶，是年輕島嶼活潑的青春律動，如密碼烙印在一塊塊心之圖版。我們歷經短暫的流徙，從這處到那處，帳棚到組合屋，總是依依不捨離去居住地所在，為尋常生活被打斷而傷逝著，如常的早餐、為花盆澆水、為果樹剪枝、從庭院移到他處拜訪朋友、到小鎮購買日常用品、圍著薪火講述故事、小孩蜷在母親懷裡、關燈以及入睡。日子將一點一滴洩漏回憶的線索。但是古老的偏見巨輪依然周而復始地運轉，從柬埔寨到車臣，從塞爾維亞到獅子山國，從殖民主義到跨國公司，從粗糙的刀棍到定位精準的衛星飛彈，現在，它們列隊歡迎如慶典般集合在約旦河西岸與迦薩走廊。我看到生命的一個可悲處是人性與意義的恢復常常都來得太晚，救援的目的性又讓悲憫再下一層。我們以為推土機用以造路、清除土石瓦礫，但是在錫安主義眼裡，這是為以色列屯民開闢的一條公路，方向總是正對著巴勒斯坦人的山谷，並且喜歡切穿山谷裡的每一塊農地。推土機不斷侵犯山谷。只要巴勒斯坦人某個家園擁有水源與土地，它就一定成為屯墾區。某些幸運在屯墾區有工作的巴勒斯坦人，他們必須要配戴一個白色徽章，聲明自己是「外國工人」，讓人重臨二戰猶太人倖存者的處境——納粹要求猶太人在袖子上配戴黃星。日常的節奏失去了依歸，出門拜訪親族，擔心檢查站是否開放？即使開放，也必須擔慮能否回家？也許差個一秒鐘，就要被驅逐流放。擔著背簍，果園與灌溉系統早被摧毀，無預警的以色列坦克和阿帕契直升機攻擊過的民房一片焦黑，人去樓空，牆壁被炸，居民或死或散。時光缺乏開始與結束，白天僅僅比夜晚明亮一些。老婦人對著缺損的鏡面回憶，連回憶也生鏽。因為每個家庭的記憶宛如廢墟，各種紀念物、回憶和地契，只能進一步放大巴勒斯坦人一無所有的處境。戰爭是電玩遊戲時才會好玩，六十年未見止盡的戰爭時期占領區，有任何哪一個部分是好玩的？當卸任的美國總統吉米・卡特造訪迦薩難民營，對著不到七歲的孩童送禮物時，孩子天真地問著：可以送我另一種禮物嗎？禮物的名字叫安全。吉米・卡特想起了一九四一年一月六日美國總統羅斯福在國情咨文中提到的「四大自由」（Four Freedoms）——言論自由、信仰自由、免於恐懼的自由、不虞匱乏的自由。日後吉米・卡特完成了《牢牆內的巴勒斯坦》一書。這就是了，在閱讀這些文字的我們，也同時發現了被貪婪愚蠢日漸腐蝕的自己，並經由閱讀治療自己飽受創傷的精神與肉體。很少歷史是清白無辜的。至少我們還牢記某些普世價值：以犧牲其他人、壓迫其他人而實現的命運或得到的救贖，不再被認定是命運與救贖。巴勒斯坦問題不僅只是以色列與巴勒斯坦關於誰擁有土地的問題，它就是我們對政治、人權、生命價值觀的選擇。還要談什麼是不義？我們不需要界定何謂不義，必須去界定與重新界定的僅只是正義二字，不義則無此需要。不義是即時就能被直觀到、感受到、察覺到和加以反應的。已故的巴解組織阿拉法特曾經懇切地向以色列對話：「我們和你們一樣，都是一個民族——一個想要打造家園的民族。想要種一棵樹、想愛——想與你們共同生活。活得有尊嚴，彼此為對方設身處地。活得像人，自由的人。」我們談論的不是什麼高貴或抽象的理論，只是主張，人，即使是被視為最下等的人，都有權繼續過一種有目的感、有自我價值感的生活——一種尋常的生活。

二〇一〇年七月二十四日

周而復始

第一日

現代的故事總是重複古老的歷史，也許只是換個場景、人物、時代，我們能不能化繁為簡，讓故事走進日常生活，如飲冷暖？

慶幸我們活著，因為遠方的死亡不乏缺貨。這是個膽顫心驚的說法，也是一句恐怖的玩笑，你可以一邊喝著紅葡萄酒，一邊觀看勾魂者飄然遠行，但是在某些地方，在不遠的國度，你如常吃著簡陋的木薯泥，一顆要命的子彈找上了眉心，還來不及吞嚥第一口維持一天能量的早餐，生命直如螻蟻，在一記清脆的槍響中結束。死者已矣，獨留悵然若失的親人，哀悼成了生活常態，正如你在享用早餐，純白的鮮奶、兩片吐司、鮮黃色澤的蛋黃，在空調宜人的餐廳，想像著遠方山腰樹叢背後，筆直堅韌的黑色槍管發出橢圓形子彈，飛過清冷的空氣，以一條數學演算過的微小弧線，突破光潔的玻璃窗，簡潔的結束你的一生。於是有些人，是一大群人、一個民族，竟然渴望簡單生活，渴望平凡而安全的一生，卻只能在世界的另一個界面尋找，這就是加薩走廊難民營的一日之始，以哀憐啟動，又以哀憐落幕。

第二日

在難民營，我們以為在地震、颱風、土石流災後的流離失所已經是生存的極限了，於是我們乞憐，盼望大有為政府啟動災後救援機制，接著是安置災民，從餐風露宿升級到寺廟、學校、軍營，然後是全民一心的重建進程。在加薩難民營，救援、安置、重建，都只是各國和談角力的政治詞彙，從聯合國安全理事會第二四二號、三三八號、四六五號決議、《大衛營協定》、《埃及—以色列和平條約》框架、阿拉伯和平倡議到以色列路線圖回應，這些關於「和平」的詞彙最後總是成為語言的廢墟。在難民營的巴勒斯坦人，如常度日，如常在高牆圍堵的占領區通往唯一的檢查站，左臂膀掛上白色識別徽章，乞憐於以色列屯墾區猶太老闆的工作賞賜，因為難民營依戰時占領區規定是不允許有任何具備「發展」的工作，巴勒斯坦人必須到以色列屯墾區成為「外國工人」，即便屯墾區是巴勒斯坦人土地。在加薩，曾經是漁民的巴勒斯坦人，在西向的地中海海域，現在已成為以色列軍管下的禁區，沒有漁民、沒有魚蝦、沒有船隻、沒有漁網，只有略帶鹹味的海風吹來，沙灘也不許進入，沙灘下埋設流動的誘雷，國際紅十字會救援運補船艦也不得其門而入，國際人道的重量比不上以色列一紙輕盈的軍管律令。

流離了三十年後才奉准返鄉的巴勒斯坦詩人穆里・巴爾古提在《回家》一書中寫著：占領迫使我們必須維持老舊。這就是他的罪行。它們沒有剝奪我們的泥灶，卻剝奪了我們想創造而不可見的明日。

文學的力量正如巴爾古提栽植出既卑微又無助的花朵，人們只有在不公不義的時代、在眾人皆沉默的時空下，才懂得直接無偽的文學，切切私語或者隱含悲喜，只有能夠真誠直抒、不假他人之口的人才能夠領會朗讀，並因文學的花朵而哭而笑且喜且泣，宛如生命注入了某種不可預知的巨大能量。

第三日

回到我們喜愛的山脈，我們說，這是家園、這是我們賴以生存的山林、這是心靈的歸宿。注視一座你所喜愛的山脈，雪山山脈、中央山脈、大武山山脈，或者是蘭嶼島上矮小的紅頭山，你確知每個時刻山林的變化是多樣繁複，它們由一道光線、特殊的林相、某些動物的路徑、關乎山的氣息、樹葉的飄動或是虎頭蜂巢的位置、岩石的味道、熱烈釋放的汗水，盡乎你的一生也無法找出任何一個時刻它們會出現相同的景致，但你知道那就是繪製在心靈裡的清晰圖像，在任何時間都可以取出來與親朋共享。我們喜愛的山脈自有節奏與時間，而我們方寸心靈所捕捉的正是每一座山脈贈與的禮物。但是在貧瘠的加薩走廊，在一九四八年戰爭中被驅趕到此地的六十五萬難民，經過圈禁、最低發展生存環境、無預警宵禁、集體懲罰與艱難生育下，膨脹到二〇〇九年二百萬人的無國籍難民，他們也會注視著散布在加薩走廊上的小山、丘陵、池塘以及廣袤的地中海景致，他們也一樣在任何時間點找不到相同的圖像，每天的變化由武力與機械力改變土地的樣貌，由美國工兵處監製的高牆圍出繁複的迴圈地景、推土機壓垮可能藏匿恐怖分子的任何一座房屋、水源與池塘規劃為屯墾區、柏油道路嚴禁巴勒斯坦人上路、剷平山頭用以構築監視站，這就是以色列的永駐占領區，劃分為一百三十五個殖民地，皆無償豪奪巴勒斯坦人房舍田地而來，加上七百個軍事檢查站如兵棋散置於約旦河西岸的占領區，再將巴勒斯坦村鎮所有聯外道路層層封鎖。是怎樣的世界讓加薩走廊不忍卒睹，連回想也令人痛徹心扉？這裡已經沒有「土地」，只有倉皇而逝又何其蒼茫的「時間」。加薩走廊的大自然，沒留下什麼禮物給巴勒斯坦人。

第四日

以色列現代史是這樣敘述：

西元七世紀至二十世紀初期，巴勒斯坦一直是在伊斯蘭境域中發展出融合伊斯蘭、猶太教、基督宗教的多元文化。一九四八年五月十五日，不列顛託管政府撤離巴勒斯坦，在前一天，錫安主義者宣布以色列國的建立。一九四八年的「戰爭」，六百萬巴勒斯坦人因戰事發生，被政府疏散至巴勒斯坦以外的非戰爭國家，七十五萬巴勒斯坦居住在現在屬於以色列的土地上，十五萬人留下來成為以色列次等公民。其他的，約六十五萬人安置在難民營，這些是屬於無國籍難民。一九六七年六月「六日戰爭」，以色列軍為抵抗阿拉伯聯軍的入侵，先一步發動閃電攻擊，從敘利亞手中奪下戈蘭高地以及以色列原四倍大土地，包括加薩走廊、西奈沙漠、東耶路撒冷。一九七七年《大衛營和平條約》，阿拉伯國家和以色列締結的第一個和平條約。一九八七年十二月九日，在巴勒斯坦加薩村爆發了「因提伐達」（intifada）暴動，此後變成一場又一場建築仇恨之爭的宗教戰爭。一九八八年十一月十五日，阿拉法特在阿爾及利亞宣讀「巴勒斯坦國獨立宣言」，以紅、黑、綠三色為巴勒斯坦國旗顏色。一九九三年以巴雙方簽訂《奧斯陸協議》，以色列為永駐占領區，以一百三十五個殖民地、七百個軍事檢查站分布於約旦河西岸，以確保以色列國民的安全。

很少歷史是清白無辜的，留下來的歷史總是當權者謀畫的記憶，記憶可以作為國族正義的力量，也可啟動蒙蔽甚至戕害正義的作用。同樣的說話人——巴勒斯坦阿拉伯人——成了「不存在的存在」，選擇遺忘的還有阿拉伯人和猶太人，他們都是同一位先知埃布拉瑪（Ibrahim）的後代子孫。直到今天，以色列是全球唯一沒有正式宣布國界的「民主」國家，整個巴勒斯坦地區為永駐占領區，當然包括加薩走廊及其一百三十五個殖民地。

第五日

書寫確如是：假如所記錄的是公眾事件，這段連續的時間就叫作「歷史」；假如記錄的是私人事件，這段被記錄所打破的連續時間就叫作「生命故事」（life story）。加薩走廊無國籍難民或許就是個沒有歷史的民族，一方面肇因於他們被圈在隔離的多個難民營中，另方面是，記憶已經在無休止的反抗土地掠奪與房屋破壞的日常生活裡磨損殆盡。應該是民族集體的記憶，被分割為一個個家庭的生命故事。記憶裡的「事件」總是那些殘酷到麻木的——只好認為——瑣事，千篇一律的非法監禁、推土機進行集體懲罰的摧毀房屋、將時間消耗在等待軍事管制區的等待放行上、非法搜索、斷續不定的停水、阿帕契攻擊型直升機以導彈殲滅巴勒斯坦領導人、F-16 戰鬥機準確的朝向人群房屋橄欖樹林等站著或走動的「不明物體」掃射、在失業與貧窮間掙扎、遭遇持續性或巨或微的羞辱、梅卡瓦主戰坦克奔馳在難民營泥濘的走道上……以及——各種想像不到的暴力。

我們同意歷史必須有相對應的「指稱」，而這些指稱是可以被追溯、指認的。高雄就是以前的打狗、諸羅城是現在的嘉義市、摩里斯山是今日的玉山，在日據時期叫做次高山，布農族呼為 Tongku Saveq（東谷沙飛），是大洪水傳說中的「避難所」。但是在加薩、在約旦河西岸的以色列占領區，歷史上的「指稱」全部改易為無法追溯與辨認的名詞，摧毀巴勒斯坦村落換上以色列定居點，村鎮的名稱是一具具嶄新的稱號；以色列境內的阿拉伯人被迫放棄祖先的姓氏，家鄉的河流、山丘、街道、地名，記憶的棲息地飄零為巴勒斯坦人失憶的起源地。我們對歷史之謎能被解開，並不只是因為人們記得，也是因為人們親身經歷在特定的時刻裡，因而抵禦了時間的流逝。就是這樣那樣無休止地、幾乎抹平整個巴勒斯坦生活全紀錄的行動，將幾百萬巴勒斯坦人分割、打散、再編碼，湧入那擁擠的嚇人的彈丸之地，擁擠得容不下歷史書寫或歷史詮釋的空間，即便有一絲絲的書寫餘暉，也只是照亮失落的廢墟。

歷史，對勝利者而言永遠是短暫的，因為他將時時刻刻恐懼於失去所得到的一切。

生命故事，對失敗者來說總是意味深長，因為他將時時刻刻綴補那失落、缺損的一切。

第六日

在加薩一處靠近哈拉米須（Halamish）屯墾區的難民營，一個個小男孩必須在太陽還未將露水飲乾之前將一個個靠近草叢的小錫罐取回，這些零星而淺薄的露水很可能就是這一家人一天所需的飲用水。某一天，他懊惱的踢著土石回家，告訴我屯墾區的以色列猶太小孩破壞了上天賜予的活水，而他無法對那些小孩生氣，因為屯墾區定居點的猶太家庭都配備火力驚人、彈藥充足、具瞄準器的美式槍枝，而難民營地裡只有充當「因提伐撻」（在阿拉伯文中，意思是「抵抗」）的石頭。我的歷史知識提醒我，此處何以沒有任何一株巴勒斯坦地景中習見的橄欖樹，小孩回答著：「我叔叔說在很久以前，他們用鏈鋸、推土機毀了橄欖樹。」可惜了，在巴勒斯坦人的傳統文化裡，橄欖樹是對旅行者的餽贈、是新嫁娘的慰藉、是秋天的賞賜、是儲物的驕傲，橄欖樹是巴勒斯坦百代之家的財富，如今，只成潰散無蹤的歷史風沙。

我聽說人生最殘酷的事莫過於死於不義，公平或者諸如正義等普世價值被棄若敝屣。卑微或是貧窮的任何一個人並非無以抗拒的承受命運的重量，他也會擠出最後的希望注視痛苦災厄為何物，反過來說，任何人少了對正義的期待，人世將無幸福可言。加薩走廊此刻哪怕是在最黑暗的時刻，我相信還是會有拒絕不義和懺悔過去不義的人。二〇〇二年，以色列一名下士軍官羅森堡（Eyal Rozenberg），他本著良心做出一個決定——拒絕繼續為以色列國防軍效力。他的軍官告訴羅森堡，每一天結束時，他都會面對鏡子，直到能夠接受鏡中的自己為止。羅森堡回應長官自己為何難以接受鏡中的影像，他說：「如果我繼續與你並肩工作，看著你殺戮一個被征服的民族，那麼我就是活在謊言之中，我將在鏡中看見這個謊言。」這個決定後來具體化為共同聲明，共有五十二名在占領區值勤的後備役官兵連署，共同聲明有段話可以總結以色列自一九四八年驅逐巴勒斯坦人、自一九六七年軍事占領巴勒斯坦土地以迄於今的作為：我們現在已經了解，占領的代價就是讓以色列國防軍人性盡失，讓以色列整個社會腐化。

第七日

古老的歷史總是綿延為現代的故事，也許伊斯蘭、猶太、基督都太累了，因為諸神編織不幸。災難以循環的命運自動運轉，直到哀悼本身成為一種生活，直到不留活人可以去哀悼死人而後已。如果我們願意阻卻災難的周而復始，我們就必須超出暴力的循環來擁抱人性，書寫災難，也就是對正義的回應做出至為卑微的期待。因為我們相信，歷史再如何黑暗，夜空也會點綴星月的光芒；烏雲即使完全遮蔽星月，那些光芒也會安放在人心的某個角落，直到甦醒、直到周而復始的災難戛然而止。

二〇一〇年八月六日

（後記）
部落要書寫

「海棠颱風」午後登陸宜蘭南澳之後，我的 Mihu 部落開始由壯闊變得微弱起來了。逐漸增強的雨勢蓄積災難的種子，很快的，牠們就會因為濕潤而膨脹、而巨大、而狂野恣歡起來，於是在入夜幻化成土石流、山崩、路斷、水止。加上鞭子抽打般的風獸襲來，不多久部落就成為島中之島，呼天喚地誰也不應。兩天或許三天吧，災難的獸冷靜了下來，四肢鬆軟的趴伏在大地上宛若小犬，這時天空開始運轉海鷗救援直升機「帕帕帕——」的扇葉，在部落的上空夏日蜻蜓似焦慮的奔竄著。這樣，我就不能不有災難書寫，在平坦潔白的電腦螢幕上按下現代智慧鍵盤，螢屏忠實的顯示著：「二〇〇五年七月大流……」

回到兩百多年前的一七六六年、一七八四年，我們 Lobugo（老屋峨）十三社前後兩次在巴宰族岸里社通事（敦仔、張鳳華）的引介下「歸化」（族老說有錢有牛有母雞，幹嘛不歸化，吃完了就不歸化啦）。「林爽文事件」，清廷還曾經力邀我們大安溪北勢群族人助戰，亂事平定之後，頭目三人由通事帶到北京與乾隆皇帝見面握手話家常（應該還是透過翻譯／番易吧），儘管返回部落時一人病故，但這卻是部落族人最早到「國外」觀光的紀錄了。這樣，我就不能不有歷史書寫，對著黃口小兒說：從前，你阿公的阿公的阿公就已經見過皇帝了，所以清宮連續劇沒什麼看頭，還是聽我說說老故事吧！

或者是凌晨一、兩點（總是在月黑風高的時節來臨），我這尚未熄滅燈火的家屋鋁門就會發出衰老的鎚擊的聲響，通常是部落族人、有些是隔壁親族年輕的、中年的族人來「拜訪」（族人酒態盎然、千嬌百媚），我會為他們準備家常便食，用以滋潤被公賣局打敗的心臟，然後族人會廉恥的述說當年進出都市的豐功偉業、親痛仇快乃至於風流韻事；也許等到臉龐開始豐腴、記憶開始復甦，整張臉就要湊近說：「告訴你一個祕密，我在南非有個太太，那時候我在當船員，精力猛過五條山豬……」就這樣，我就不能不有蒐集族人祕密的生命書寫。

一九九三國際原住民年第一個十年的開始，正是因為部落要書寫，我回到了童年出生的部落，像一條喜歡書頁的蠹魚，以變幻多元的時光為養分——用力吃書、順暢書寫。

二〇〇五年七月二十六日

INK PUBLISHING 文學叢書 511

七日讀

作　　者　瓦歷斯・諾幹
總 編 輯　初安民
責任編輯　陳健瑜
美術編輯　黃昶憲
校　　對　謝惠鈴　陳健瑜　瓦歷斯・諾幹

發 行 人　張書銘
出　　版　INK印刻文學生活雜誌出版有限公司
新北市中和區建一路249號8樓
電話：02-22281626
傳真：02-22281598
e-mail：ink.book@msa.hinet.net
網　　址　舒讀網http://www.sudu.cc

法律顧問　巨鼎博達法律事務所
施竣中律師
總 代 理　成陽出版股份有限公司
電話：03-3589000（代表號）
傳真：03-3556521
郵政劃撥　19000691　成陽出版股份有限公司
印　　刷　海王印刷事業股份有限公司

港澳總經銷　泛華發行代理有限公司
地　　址　香港新界將軍澳工業邨駿昌街7號2樓
電　　話　852-27982220
傳　　真　852-27965471
網　　址　www.gccd.com.hk

出版日期　2016年 11 月　初版
ISBN　978-986-387-123-1
定價　300元

國家圖書館出版品預行編目資料

七日讀／瓦歷斯・諾幹著：－－初版，
－－新北市中和區：INK印刻文學，2016. 11
面；　公分. -- (印刻文學；511)
ISBN 978-986-387-123-1 (平裝)

863.855　　105016775